Sissi Flegel

Coole Küsse, Meer & mehr

cbj

DIE AUTORIN

Sissi Flegel hat alles erlebt, was man erleben muss, um Kinder- und Jugendbücher zu schreiben. Sie kommt aus einer Großfamilie, ging auf ein Mädcheninternat, studierte Sprachen und arbeitete als Lehrerin, bis sich ihre Erfahrungen verselbstständigten und in Büchern materialisierten. Ihre witzigen Mädchenbücher sind Bestseller und ihre Fangemeinde wächst ständig. Um näher an den Alltag zu kommen, entstehen ihre Mädchenbücher meistens vor Ort.

Von Sissi Flegel ist bei cbj erschienen:

»Lieben verboten« (40068)

»Liebe, List & Andenzauber« (40066)

»Die Liebeslüge« (13873)

»Die Liebesrache« (13888)

»Zippi – Doppelt verliebt hält besser« (40061)

»Wintertraum und Weihnachtsflirt« (13971)

Sissi Flegel

Coole Küsse, Meer & mehr

cbj

cbj
ist der Kinder- und Jugendbuchverlag
in der Verlagsgruppe Random House

MIX
Papier aus verantwortungsvollen Quellen
FSC® C014496
FSC www.fsc.org

Verlagsgruppe Random House FSC-DEU-0100
Das für dieses Buch verwendete FSC®-zertifizierte Papier *München Super Extra* liefert Arctic Paper Mochenwangen GmbH.

1. Auflage
Erstmals als cbj Taschenbuch Mai 2011
Gesetzt nach den Regeln der Rechtschreibreform

Umschlagillustration: Dagmar Henze
Umschlaggestaltung: Basic-Book-Design, Karl Müller-Bussdorf
MI · Herstellung: CZ
Satz: Buch-Werkstatt, Bad Aibling
Druck und Bindung: GGP Media GmbH, Pößneck
ISBN: 978-3-570-40067-8
Printed in Germany

www.cbj-verlag.de

Von den Bergen auf die Insel

»Hey, Mimi, gut, dass ich dich treffe! Ich wollte gerade zu dir!«

Ich drehte mich um. »Was gibt's?«

»Deine Abruzzenstory war ein toller Erfolg, was?«

»War ja auch eine tolle Reise!«

»Klar. Hättest du Lust auf eine neue? Eine neue Reise, meine ich.«

»Waaas?«

»Komm, ich lade dich zu einer Tasse Latte macchiato ein.«

Markus Fiesel, Redakteur unserer Tageszeitung, steuerte mir nichts, dir nichts auf unser bestes Straßencafé zu, zog mich auf den Stuhl neben sich und gab die Bestellung auf.

»Es geht um die Jugendseite im September«, erklärte er ohne Umschweife. »September, das bedeutet Ferienende, viele Erinnerungen, Beginn einer neuen Freundschaft, vielleicht auch das Ende einer solchen, Abschiedstränchen, Wehmut und letzte Küsse ... du weißt schon.«

»Ich verstehe nur Bahnhof«, meinte ich verblüfft. »Wirklich, ich habe keine Ahnung, wovon du redest. Kannst du nicht deutlicher werden?«

»Bin schon dabei ... Schau mal!« Er legte einen

Packen Briefe auf das Tischchen. »Alles Fanpost! Begeisterte Kommentare zu deiner Abruzzenstory! Na, was sagst du dazu?«

Ich schüttelte benommen den Kopf. »Heißt das, die Leser lassen sich immer noch über mein Abruzzenabenteuer aus?«

»Exakt!«

»Was schreiben sie denn so?«

Markus Fiesel grinste. »Na, was wohl: tolles Mädchen, mutig, lustig, einfach große Klasse. Und sie wollen mehr von dir lesen.«

Die Getränke wurden gebracht und ich trank einen Schluck. Markus Fiesels Lob war mir nicht geheuer. »Na ja, ich kann ja was über die Schule schreiben«, meinte ich zögernd.

»Klar, später, im Herbst dann. Aber jetzt hast du noch zwei Wochen Ferien, stimmt's?«

»Zweieinhalb«, korrigierte ich ihn.

»Na, siehst du! In zweieinhalb Wochen kannst du eine Menge erleben. Deshalb haben wir uns gedacht –«

»Wer ist ›wir‹?«

»Die Redaktion, wer sonst? Wir stellen uns einen Beitrag vor, spannend, witzig, knackig. Thema: Was ein Mädchen auf der Insel erlebt. Du verstehst – Ortswechsel! Von den Bergen auf die Insel!«

»Aha. Und das soll ich mir wohl aus den Fingern saugen? Mann, ich war noch nie auf einer Insel. Das heißt, auf der Mainau und der Reichenau, den Inseln im Bodensee, da war ich schon mal. Aber an die denkst du wohl eher nicht, oder?«

»Na logisch! Wenn schon Insel, dann soll es auch die coolste, angesagteste sein. Denk doch mal nach, Mimi!«

Er machte eine dramatische Pause.

»Die coolste, angesagteste Insel?« Ich runzelte die Stirn. »Keine Ahnung, an welche du da denkst. Mallorca? Madagaskar? Mauritius? Sag es und ich packe sofort meinen Koffer.«

»Mensch, Mimi, warum denn immer in die Ferne schweifen, wenn das Gute liegt so nah? Es gibt auch Inseln in Deutschland! Wir denken an die Insel aller Inseln. An Sylt.« Er grinste mich erwartungsvoll an. »Na, was hältst du davon?«

»Nichts.«

»Nichts? Wieso denn das?«

Ich holte tief Luft. »Markus, ich will die berühmteste Reisejournalistin aller Zeiten werden. Ich reise gerne, ich schreibe gerne – aber was, bitte schön, soll ich auf Sylt? Ich war in Chile, in Kanada, in Hongkong, in Marrakesch, in den einsamen Bergen der Abruzzen ... Das waren Reisen, Markus! Keine Hüpfer vom Süden Deutschlands bis gerade mal zur Nordsee. Und außerdem: Sylt! Ist das nicht der Ort, wo sich diejenigen Leute treffen, die meinen, sie seien wer? Nee, Markus, *die* Insel ist nichts für mich. Dann noch lieber die Mainau.« Ich erwärmte mich so richtig für dieses Thema und schlug vor: »Radtour an den Bodensee, mit dem Segelboot auf die Mainau – und dann: Mord im Gewächshaus! Überfall zwischen den Salatköpfen! Niedergestochen mit einer Lauchstange!«

Jetzt grinste ich erwartungsvoll.

Markus Fiesel war ein hartgesottener Journalist und grinste frech zurück. »Nicht schlecht! Ich werde mir die Sache durch den Kopf gehen lassen. Aber nun wieder zu unserem Vorschlag, Mimi. Hast du dir schon mal überlegt, wie viele Leute sich einen Urlaub auf Mauritius leisten können? Allein der Flug kostet ein kleines Vermögen. Aber nach Sylt kommst du locker mit der Bahn, und dann kannst du dir aussuchen, wie du wohnen willst: in einem Luxusschuppen oder im Zelt auf dem Campingplatz.«

Ich rümpfte die Nase. »Ich habe ja nichts gegen ein Zelt. Aber wenn es ununterbrochen regnet, finde ich das ziemlich ungemütlich.«

»Heißt das, du streichst vorerst die Radtour zum Bodensee?«

Ich lachte. »Markus, du weißt, dass ich bei dem Wort ›Reise‹ einfach nicht Nein sagen kann!«

»Hab's mir doch gleich gedacht!« Markus legte freundschaftlich den Arm um meine Schultern, bestellte noch zwei Latte macchiato und kam dann zur Sache.

»Wir haben uns das so gedacht, Mimi: Du fährst mit der Bahn nach Westerland, nimmst dir ein Taxi und lässt dich nach Kampen bringen. Dort wohnt ein ehemaliger Kollege von uns. Er hat ein Friesenhaus geerbt und vermietet im Sommer zwei oder drei Zimmer. Du wohnst bei ihm, erkundest die Insel und er verschafft dir die nötigen Kontakte zu den Leuten, die sich dort auskennen. Übrigens«, Markus löffelte den Schaum aus, »von ihm stammt die Idee, dich zu fragen, ob du nicht mal etwas über Sylt schreiben könntest.«

»Von ihm? Er kennt mich doch überhaupt nicht.«

Markus Fiesel kniff ein Auge zusammen. »Als alter Hase und ehemaliger Kollege lässt er sich noch immer unsere ›Tagespost‹ schicken. Er hat deinen Bericht gelesen und meinte, Sylt wäre jetzt das absolut Richtige für dich.«

»Das kapiere ich nicht!«

»Nein? Dann helfe ich dir auf die Sprünge«, sagte Markus Fiesel liebenswürdig und zog ein zusammengefaltetes Blatt Papier aus seiner Brieftasche.

Liebe Mimi Muschalek!
Mit großem Interesse habe ich Ihre Artikel gelesen und mir auch von Ihren Reisen berichten lassen. Reisen sind wichtig, Reisen bilden (falls man etwas zum Bilden im Kopf hat!), Reisen regen die Fantasie an, Reisen machen wach und lassen uns aufmerksam für das ganz Andere, Neue, Ungewöhnliche werden. Aber:
DIE WAHREN ABENTEUER FINDEN IM KOPF STATT. Testen Sie, ob das stimmt! Kommen Sie zu uns auf die Insel. Sie ist nicht allzu weit weg von Stuttgart, sie ist klein und mit dem Rad zu erkunden. Statt Vulkanen haben wir Dünen, statt Orchideen den gemeinen Strandhafer, statt heißer Geysire kaltes Wasser, statt Felsstürzen weichen Sand. Wir hier fürchten uns vor dramatischen Naturereignissen und menschlichen Katastrophen. Kommen Sie! Ich freue mich darauf, Sie kennenzulernen!

»Na so was!« Ich ließ das Blatt sinken. »Die wahren Abenteuer finden im Kopf statt. Was sind denn das für Abenteuer, Markus?«

»Genau das sollst du eben herausfinden, Mimi.«

»Hm. Und wenn ich keine finde?«

»Du findest sie.«

»Vielleicht … Und was ist mit Carlos? Der kriegt die Krise, wenn ich allein fahre.«

»Er kann mitkommen.«

»Wirklich?« Ich dachte nach.

»Klar. Eine Woche für euch beide. Ihr wohnt bei Lornsen. Albrecht Lornsen. Abgemacht?«

»Ich muss zuerst mit meinen Tanten sprechen. Wenn sie einverstanden sind, gebe ich dir Bescheid, ja?«

Markus Fiesel wusste, dass meine ältere Schwester Nicki und ich Vollwaisen sind. Als unsere Eltern – beide waren Geologen – kurz nach meiner Geburt bei einem Verkehrsunfall in der Türkei ums Leben kamen, haben uns unsere Tanten sofort zu sich genommen. Seitdem sind sie unsere Eltern und wir eine große glückliche Familie, der das Reisen im Blut liegt. Tante Anne ist Reisejournalistin und Fotografin. Tante Lise kümmert sich um das große Haus, hat den berühmten grünen Daumen und schreibt übers Kochen und Gärtnern. Wir lieben unsere Tanten und haben Verständnis für ihre sehr ausgeprägte Fürsorge.

Als ich ihnen von Markus Fiesels Angebot berichtete, riefen sie sofort diesen Herrn Lornsen an und stellten sicher, dass wir – natürlich! – zwei getrennte Zimmer bekämen und dass er mich wie seinen Augapfel hüten würde. Als ich protestierte und auf meine vorherigen, nicht ungefährlichen Reisen verwies, hob Tante Anne warnend den Finger: »Mimi, es gibt geografische, geologische und klimatische Gefahren. Mit solchen kannst du, wie wir wissen, recht gut umgehen. Aber die menschlichen Abgründe sind dir noch fremd. Davor wollen wir dich so lange wie möglich bewahren.«

»Das heißt, ihr vermutet menschliche Abgründe auf Sylt?«

Tante Anne wich meiner Frage aus. »Ganz so krass würde ich es vielleicht nicht ausdrücken, Mimi.«

Carlos rümpfte zuerst die Nase, genau wie ich, schaltete seinen Laptop ein und prüfte, ob die Insel geologisch gesehen etwas hergab. »Mensch, Mimi! Hör doch mal: ›Die Vielfalt der Küste ist das Resultat ineinandergreifender und sich überlagernder geologisch-geomorphologischer Prozesse im Quartär. Insbesondere die geomorphologische Entwicklung seit der Saaleeiszeit vor rund 390.000 Jahren ...‹ Hörst du mir überhaupt zu? Egal. Ich begleite dich jedenfalls!«

»Na super! Die geologisch-geomorphologische Entwicklung würde mich auch vom Hocker reißen«, spottete ich und bastelte eine Karte in Quietschgelb mit der Aufschrift: ACHTUNG: DIE WAHREN ABENTEUER FINDEN IM KOPF STATT!!!

So kam es, dass wir am Freitag die Rucksäcke packten, am Samstagmorgen in Stuttgart in den Zug stiegen, abends gegen neunzehn Uhr in Westerland ankamen, uns von einem böigen Nordseewind die Haare zerzausen ließen und eine Viertelstunde später in Kampen vor einem niedrigen, strohgedeckten Häuschen standen und auf den Klingelknopf drückten.

Freundlicher Empfang? Denkste!

Niemand öffnete.

»Versuch es noch mal«, sagte Carlos.

Nach dem fünften Dauerklingeln lehnten wir die Rucksäcke an die Tür und gingen ums Haus herum. Der saftig grüne, dichte Rasen hätte meine Tante Lise vor Neid erblassen lassen. Über die blühenden Rosen hätte sie sofort Pflegetipps ausgetauscht und außerdem auf der Stelle wissen wollen, warum das Haus keine Fensterläden hatte, was – wie ein Blick auf die Nachbarhäuser zeigte – hier offensichtlich üblich war.

Um das Grundstück zog sich eine hüfthohe Mauer aus aufgeschichteten Steinen, auf der allerlei Büsche wuchsen. Dann gab es noch ein paar kurze, verkrüppelte Kiefern und ein paar Bäume, die alle so schief standen, dass meine Tanten sie bestimmt mit kräftigen Pflöcken abgestützt hätten. Kein Mensch war im Garten, dafür stand die Terrassentür offen.

»Was meinst du? Sollen wir rein?«

»Weiß nicht«, antwortete Carlos unbehaglich. »Lieber nicht.«

Ich nickte zustimmend. »Und außerdem: Ich habe Hunger.«

Wir trugen die Rucksäcke hinters Haus und deponierten sie auf der Terrasse, dann machten wir uns auf den Weg ins Dorf. Da, wo ein paar Sträßchen zusammentrafen, entdeckten wir ein Gasthaus. *Alter Dorfkrug* hieß es, und weil es warm und die Sonne noch nicht ganz untergegangen war, saßen jede Menge Leute davor und ließen es sich schmecken.

»Hast du 'ne Ahnung, was ein Krug ist?«, fragte Carlos.

»Klar, ein Gefäß für Flüssigkeiten«, erklärte ich. »Für Milch zum Beispiel, oder Wein oder Saft. Wahrscheinlich bedeutet das Wort aber hier im Norden was ganz anderes als im Süden.« Ich runzelte die Stirn. »Bei uns zu Hause heißen Gasthäuser ›Löwe‹, ›Adler‹, ›Stauferburg‹ oder ›Zu den drei Mohren‹.«

Carlos hob die Schultern. »Was erwartest du dir hier? ›Düne eins‹, ›Düne zwei‹, ›Düne drei‹? Vermutlich ist ›Alter Dorfkrug‹ für hiesige Verhältnisse ein ziemlich fantasievoller Name.«

»Carlos! Bei uns gibt's auch keine Löwen!«

»Doch, in den Wappen«, erklärte er ungerührt und zog mich ins Haus, denn im Hof gab es wirklich kein einziges freies Plätzchen mehr.

Die Gaststube war dunkel, weil die Fenster klein waren und die Decke sehr tief nach unten hing. Die Stube war gerammelt voll, sodass wir uns an die Bar stellten.

»Wohl die einzige Kneipe im Dorf«, murrte Carlos und verlangte die Speisekarte.

»Moin«, sagte der Mann hinterm Tresen. Er sagte es sehr freundlich und es klang nicht so, als würde er uns auf den Arm nehmen. Aber er sagte tatsächlich »Moin«, was wir mit »Guten Morgen« übersetzten.

»Guten Abend!«, antwortete ich verdutzt. Es war schließlich kurz vor Sonnenuntergang.

Carlos hatte die Preise studiert und schaute mich entgeistert an. »Entweder wir verhungern oder wir suchen das nächste McDonald's, Mimi!«

»Geht nicht!«, jammerte ich. »Außer den beiden Butterbrezeln habe ich seit dem Morgen nichts gegessen! Gibt's keine Suppe? Oder Linsen mit Würstchen?«

Wir einigten uns auf das billigste Gericht, eine Kartoffelsuppe mit Wursteinlage. Während wir warteten, hörten wir dem Nachbarn zu unserer Linken zu. Er berichtete mit dröhnender Stimme, wie heute jemand auf der Luftmatratze aufs Wasser hinausgetrieben worden war und winkend auf sich und seine missliche Lage aufmerksam gemacht hatte.

»Tja, das haben wir uns eine Weile lang angeschaut, dann sind wir langsam mit dem Motorboot rausgetuckert und haben ihn reingeholt. War ja keine Gefahr nich bei, Wasser war ruhig, Wind gab's nich. Alles harmlos, nur der Typ auf seiner Matratze hat das nich so gesehen. War ziemlich fertig mit den Nerven, muss ich woll sagen.«

Ich verdrehte die Augen. Carlos flüsterte: »Siehste, Mimi? Lornsen hatte recht: Der Luftmatratzenschwimmer erlebte sein Abenteuer im Kopf! Für den Retter war ›keine Gefahr nich bei‹.«

Wir grinsten uns an. »Wie weit ran kommen die Haie?«, fragte ich.

Der weißhaarige, tief gebräunte Mann hatte mich gehört. »Bei dem Wetter? Kommt auf die Strömung an: ein, zwei Meter vor der Küste machen sie halt. Aber nur, wenn sie satt sind!«

Zum Glück kam jetzt unsere Kartoffelsuppe. Die

Portion war allerdings für Leute auf Schlankheitstrip gedacht: Zehn Löffel, höchstens, dann war das Tässchen leer.

Nachdem wir das letzte Stück Brot freundschaftlich geteilt hatten, stieß mich der Nachbar an. »Frisch auf der Insel? Seeluft macht hungrig.«

Er lachte so kräftig, dass die niedrige Gaststube wackelte, und ich schaute mit knurrendem Magen auf die Teller und Schüsseln, die gerade in die Küche getragen wurden. Das Übriggebliebene hätte Carlos und mich locker satt gemacht.

»Ob Lornsen inzwischen zu Hause ist?«, fragte ich. »Er weiß doch, wann wir ankommen!«

Da sein Häuschen nicht weit vom *Dorfkrug* entfernt lag, marschierten wir zurück. »Mist! Der ist noch immer nicht daheim!«, schimpfte ich. »Komm, wir suchen den Weg zum Strand. Es geht doch nichts über ein erfrischendes Bad!«

Wir kramten unser Badezeug und die Handtücher heraus, stopften das Ganze in eine Plastiktüte und fragten nach dem kürzesten Weg. »Alte Dorfstraße lang bis zur Ampel. Die Richtung«, erklärte ein Mann, der gerade aus dem Nachbarhaus kam, und deutete mit seinem Stock Richtung Sonnenuntergang.

»Mensch, Mimi, das war ja wohl keine Glanzleistung von uns«, sagte Carlos. »Wenn du dir die Karte vorstellst, liegt das Wasser ganz klar im Westen. Und wo geht die Sonne unter?«

»Im Westen«, antwortete ich brav. »Carlos! Hier gibt's eine Bäckerei!«

Ich raste los, kaufte eine Tüte »Rundstücke« und bot die Wecken Carlos an. »Kaum zu glauben, wie anders die Menschen hier sprechen. Zum Abend sagen sie Morgen, zu den Wecken Rundstücke, und wenn ich mich nicht irre, heißt die Straße, in der Lornsens Haus steht, Sjipwai – was immer das bedeuten mag. Und das Tollste dabei ist, dass wir im eigenen Land geblieben sind!«

»Ja, ja, die wahren Abenteuer!«, spottete Carlos.

Wir bummelten die Alte Dorfstraße hoch und blieben an der Ampel stehen. »Krass! Voll krass«, stellte Carlos fest. »Wenn hier keine Ampel installiert worden wäre, kämen wir nie über die Straße! ›Ein nicht enden wollender Strom von Autos‹. So steht es doch immer in den Büchern, stimmt's?«

»Stimmt«, bestätigte ich kauend.

Kaum hatten wir die Straße überquert und waren ein Stück in Richtung Dünen gegangen, war es totenstill und menschenleer, obwohl wir rechts von uns einen Campingplatz sahen.

Wenige Augenblicke später lag die See vor uns.

Wir zogen die Sandalen aus, Carlos griff nach meiner Hand und zusammen rasten wir bergab. Aber was heißt »bergab«! Dünenabwärts rasten wir!

Unten, wo der Sand fest war, fiel ich Carlos um den Hals. »Das war toll!«

Wir küssten uns, und dann, als ich die Augen wieder aufmachte, blieb mir die Luft weg. Vier Männer, alle splitterfasernackt, gingen an uns vorbei. Ich schluckte. »Carlos –«

Aber Carlos reagierte nicht. Der schaute gebannt nach rechts und ich stellte fest, dass ihm die Augen fast aus dem Kopf fielen. »Mensch, mach den Mund zu! Einem nackten Mädchen dermaßen hinterherzugaffen ist total unanständig«, fauchte ich und schüttelte ihn kräftig. »He! Carlos! Hier bin ich! Deine Mimi!«

Carlos wurde rot. »Hast du das gesehen? Ich glaube, hier sind alle nackt«, krächzte er. »Unglaublich!«

Ich schaute mich um. »Alle nicht, nur fast alle. Sollen wir auch ... Was meinst du? Willst du auch ohne Badehose baden?«

Carlos kratzte sich am Kinn. »Ich weiß nicht so recht ... Oder willst du ...?«

»Nee. Das kommt mir irgendwie zu überraschend. Sag mal, haben wir vielleicht das Schild ›Nacktbadestrand‹ übersehen?«

»Glaube ich nicht. Ich finde aber, man sollte eines aufstellen, um Fremde wie uns vorzuwarnen. Ich muss sagen, dieses Mädchen gerade eben ...«

»Nur ein einziges Mädchen?«, spottete ich. »Das ist ja gar nichts. Mein erster Blick fiel auf vier unbekleidete Männer, Carlos! Das muss ich erst mal verdauen!«

»O Gott, Mimi! Willst du tatsächlich baden?«

»Klar. Ich hab mir extra einen neuen Bikini gekauft. Der muss eingeweiht und getragen werden, eine Fehlinvestition kann ich mir nicht leisten.«

Carlos grinste erleichtert. »Scheint so, als ob die Leute hier kein Geld hätten, um sich anständige Badeklamotten zu kaufen, was?«

Wir zogen uns in den Dünen um und stellten dann sehr schnell fest, dass das Wasser ziemlich frisch war.

»Ja, aber wenn du dich in die Wellen wirfst, ist es warm!«, rief Carlos und riss mich mit.

Es war einfach genial. Wir schwammen ein Stück raus, ließen uns von den Wellen an den Strand werfen und schwammen wieder raus. Dann zog Carlos mich unter Wasser. Ich tauchte auf, schwamm ihm nach und wollte es ihm gleichtun, aber denkste! Er war so viel stärker als ich, dass ich leider tüchtig Wasser schluckte und erst nach einiger Verzögerung Rache schwören konnte. Die aber würde kommen, da war ich mir ganz sicher!

Sie kam eher, als wir beide dachten. Als wir keuchend und außer Puste aus dem Wasser stiegen und zu unseren Kleidern gingen, joggte eine Superfrau an uns vorüber. Original wie aus der Werbung sah sie aus: ewig lange Beine, langes, blondes, wehendes Haar … Carlos war hin und weg. Mit rotem Kopf schaute er ihr nach, bis ich ihm die Augen zuhielt.

»Meinst du, ich finde das spaßig, wenn du ständig jedem hüpfenden Busen hinterherguckst?«, fauchte ich.

»Mensch, Mimi, ich muss mich doch erst mal an diesen Strand gewöhnen«, verteidigte er sich.

»Beeil dich mal ein bisschen damit, ja? Es wird höchste Zeit, dass du deine Sinne auf die geologisch-geomorphologischen Verwerfungen konzentrierst! O.k.?«

Wir hatten uns angezogen und standen einander wütend gegenüber, Plastiktüte und Latschen in der Hand. Gerade als ich versöhnlich die Hand ausstrecken wollte, joggte die Superfrau wieder zurück. Komisch – eine so kurze Strecke? Zehn Meter hin, zehn Meter zurück? Dafür musste es doch einen Grund geben.

Es gab auch einen. Er saß direkt an der Joggingstrecke, und alles, was er um sich herum ausgebreitet hatte, sah teuer, exklusiv und edel aus: das Badetuch, die Tasche, die Schuhe und sonst noch allerlei Kleinkram.

»Du kommst zu spät, Carlos«, sagte ich halblaut und deutete mit dem Kinn auf den Sitzenden. »Aber mithalten hättest du sowieso nicht können.«

Carlos schluckte. »Wohl eine kleine Wanda, was?«

»Carlos!«, schrie ich und fiel ihm um den Hals. »Du hast ja echt was gecheckt!«

Wanda hieß das Biest, das sich in Marokko Carlos zuerst gnadenlos an den Hals geworfen und ihn dann, als sie einen reicheren und älteren Typ kennengelernt hatte, wie eine heiße Kartoffel hatte fallen lassen. Auf mich hatte Carlos damals nicht hören wollen. Erst als es schon fast zu spät war, sozusagen in allerletzter Minute, kapierte er, dass Wanda ihn nur zum Zeitvertreib und als Übungsobjekt benutzt hatte. Seiner Eitelkeit hatte das mächtig zugesetzt.

Jetzt legte er den Arm um mich. Wir stapften die Dünen hoch durch den Sand bis dorthin, wo der Weg begann. Dort drehten wir uns um und schauten aufs Wasser hinunter.

Die Sonne war untergegangen, der Himmel spannte sich wolkenlos in einem tiefen dunklen Blau übers fast schwarze Meer. Die Wellen liefen ruhig und gleichmäßig auf den Strand und hinterließen weiße Schaumränder, die sich auflösten, wieder ersetzt wurden, sich auflösten und aufs Neue formten …

Während wir so standen und schauten, hob sich der Mond aus dem Wasser.

Carlos zog mich an sich. Ich spürte seinen Herzschlag, hörte seinen Atem und den des Meeres. Wir rührten uns nicht von der Stelle. Eine Ewigkeit lang beobachteten wir, wie der Mond, schimmernd wie ein runder Perlmuttknopf, am schwarzblauen Himmel höher und höher glitt. Noch nie hatten wir uns einander so nah gefühlt. Beide scheuten wir uns, den Bann zu brechen.

Das besorgten schließlich ein paar Leute, denen wir im Weg standen. Wir traten beiseite und ich räusperte mich: »Schau mal, Carlos, wir müssen nicht auf dem gleichen Weg zurück ins Dorf. Hier führt einer zwischen den Dünen hindurch.«

Nachdem wir mehrmals über struppiges Heidekraut und Strandgras gestolpert waren, gingen wir doch lieber hintereinander und stellten bald fest, dass wir tatsächlich im Dorf und in der Kurhausstraße landeten.

Bei nächster Gelegenheit bogen wir rechts ab und kamen in eine Straße, die Carlos schon wieder den Atem verschlug. Das heißt, es war nicht die Straße, sondern die dort parkenden Autos. »Mimi«, japste er. »Mimi! Schau dir nur diesen Sportwagen an! Das neueste Modell! Und das da! Mensch, das muss eine Sonderanfertigung sein!«

Autos lassen mich ziemlich kalt. Klar, ich hatte ja noch nicht mal einen Führerschein. Aber die Geschäfte, vor denen die Autos parkten, hatten es ebenfalls in sich: Noch nie in meinem Leben war ich so vielen Edelmarken auf so kurzer Strecke begegnet.

Aber was uns dann vollends aus den Latschen kippte, war etwas ganz anderes.

Ein Stück zurückgesetzt und ziemlich am Ende der Straße entdeckten wir eine Kneipe. Bei uns im Süden hieß es »Biergarten hinten im Hof« und meistens sind die Biergärten auch eine ganz gemütliche Angelegenheit. Mit alten Kastanien, deren

Früchte im Herbst ins Glas plumpsen, oder mit anderen Bäumen, die Schatten spenden und in deren Ästen die Vögel zwitschern.

Hier befand sich der Hof vor der Kneipe. Wir bemerkten dekorative Zierbäumchen in edlen Kübeln und eine geballte Menge fröhlicher Menschen. Und wen erspähte ich in der vordersten Reihe?

»Carlos! Siehst du sie?«

»Wen? Guck mal, Mimi, dieses Modell habe ich bisher nur als Foto in *Auto, Motor und Sport* gesehen. Göttlich, findest du nicht auch?«

»Das Auto?«

»Was sonst?«

»Ach, Carlos! Du bist ja süß! Hast du Wanda zwo noch nicht entdeckt?«

»Wanda zwo? Wer soll das sein? Mensch, das Ding hat extra breite Reifen! Und Radkappen, die müssen –«

»O.k. Bleiben wir stehen.«

Es war die langbeinige blonde Joggerin vom Strand. Sie hatte ein Glas in der Hand und flirtete auf Teufel komm raus mit dem Typ ... mit *dem* Typ? Nein, es waren wohl eher *die* Typen. Mimi, sagte ich mir, pass gut auf, hier lernst du was fürs Leben!

Plötzlich packte mich Carlos am Arm. »Hey, Mimi, der Kerl da drüben macht dich ganz schön an. Los, komm, das gefällt mir nicht.«

»Hab ich gar nicht bemerkt«, sagte ich. »Aber weißt du was? Die Blonde vom Strand ist viel jünger, als ich dachte. Mein Alter. Eher siebzehn als achtzehn. Carlos! Du brauchst mich nicht so hinter dir herzuziehen! Ich bin nicht deine Gefangene!«

»Entschuldigung!« Er ließ mich los. »Der Typ hat

mich echt aufgeregt. Wie der dich angestarrt hat – also ehrlich!«

Ich kicherte, dann lachte ich los. »Was wir seit unserer Ankunft schon alles erlebt haben, Carlos! Unglaublich ist das!«

Carlos hatte seine gute Laune noch nicht wiedergefunden. »Mimi, wenn dieser Albrecht Lornsen noch immer nicht zu Hause ist, mache ich mir echt Sorgen. Dann hat er uns entweder vergessen oder es ist ihm was passiert. Weißt du, ob es hier im Dorf eine Jugendherberge gibt?«

»Carlos! Du stellst Fragen! Warte doch erst einmal ab, ob Lornsen da ist, bevor du dir den Kopf zerbrichst!«

»Na gut ... Aber Mimi, wenn er nicht da ist, dann können wir uns nur ein Bett in der Jugendherberge leisten. Wenn ich an den Preis der Kartoffelsuppe denke ...«

»Ich hab doch gesagt, du sollst jetzt noch nichts denken, Carlos!«

Zum dritten Mal an diesem Abend standen wir vor Lornsens Tür. Ich beruhigte Carlos mit einem schnellen Kuss, dann drückte ich auf die Klingel.

Licht ging an, wir hörten eine Stimme: »Bin schon auf dem Weg!«, die Tür wurde aufgerissen, jemand sagte: »Herzlich willkommen!« – und dann leckte eine heiße, feuchte, riesige, schlabbrige Zunge über mein Gesicht.

Der dazugehörige Hund hatte seine Vorderpranken auf meinen Schultern deponiert und war völlig unsensibel für mein Schubsen und Stoßen.

»Widerstand zwecklos«, sagte die Stimme lachend, dann hörte ich ein energisches: »Noballs, Platz!«

Die Zunge wischte noch einmal über mein Gesicht, dann nahm der Köter die Pfoten runter und trottete lammfromm ins Haus.

»W-warum heißt der Riese Snowball?«, fragte ich und fischte mein Taschentuch aus der Hosentasche. »Er hat doch ein dunkles Fell, braun, fast schwarz.«

»Der Hund heißt nicht Snowball. Er musste in jungen Jahren kastriert werden, deshalb tauften wir ihn ›Noballs‹ – No Balls. Klar? Aber jetzt kommt endlich herein. Ich habe euch schon längst erwartet.«

»Erwartet?«, wiederholte ich empört. »Wir standen schon zwei Mal vor Ihrer Tür!«

»So? Wirklich? Nehmt Platz, ich bin sofort zurück. Ich hole nur noch das Tablett mit dem Tee. Wir trinken hier nämlich zu jeder Tages- und Nachtzeit eine Tasse Tee.«

Inzwischen waren mir ziemliche Bedenken gekommen. Hatte Markus Fiesel nicht gesagt, Albrecht Lornsen sei im Ruhestand? Wie ging das an: Er hatte uns erwartet und war trotzdem nicht zu Hause gewesen? Das entsprach nicht unserer Auffassung von Gastfreundschaft. Es war eigentlich ein ziemlich unhöfliches Verhalten, oder? Hoffentlich war der Mensch noch nicht komplett vertrottelt ...

Herr Lornsen stellte das Tablett auf ein Tischchen neben seinem Sessel und sagte: »So, du bist also Mimi. Und du bist Carlos, ja? Ich heiße Albrecht. Wie wollt ihr den Tee? Mit Sahne und Zucker?«

»Pur. Mit nichts, bitte.«

»So habe ich ihn anfangs auch getrunken. Mal sehen, wie er euch am Ende der Woche schmeckt ... Und was habt ihr seit eurer Ankunft schon entdeckt?«, fragte er unvermittelt.

Albrecht musste etwas in den Tee gemischt haben, das uns mitteilsam werden ließ. Wir berichteten ihm von den saftigen Preisen, den Nackten am Strand und den Leuten im Hof der Kneipe, und Carlos beschrieb natürlich die Autos in ihrer ganzen Herrlichkeit.

Die Sache mit dem Mond ließen wir aus. Die gehörte nur uns allein.

»Ihr habt sicher gedacht, ich sei ein alter, vergesslicher Trottel«, sagte Albrecht endlich. »Senil und ungastlich.«

Ich spürte, wie ich rot wurde, denn genau das hatte ich ja tatsächlich gedacht.

Albrecht grinste mich ziemlich frech an. »Vielleicht bin ich schon alt, senil und vergesslich. Aber ungastlich bin ich nicht. Denn wisst ihr, ich habe euch nur getestet.«

»Was war ein Test?«, fragte Carlos verständnislos.

»Meine Abwesenheit«, antwortete Albrecht cool.

Markus Fiesel war wirklich fies. Er hätte mich vor Albrecht warnen müssen. »Wenn Sie abwesend waren«, sagte ich ziemlich schroff, »konnten Sie uns gar nicht testen.«

»Doch!«

»Und wie?«

Albrecht hob die Hand und zählte mit den Fingern auf: »Erstens: Die Terrassentür war nicht verschlossen. Trotzdem seid ihr nicht ins Haus gegangen. Ihr habt die Rucksäcke vor der Tür deponiert.«

»Man geht nicht einfach in fremde Häuser«, sagte ich.

»Nein, das gehört sich nicht. Aber manche hätten meine Abwesenheit als die perfekte Gelegenheit zum Schnüffeln genutzt.«

Ich zuckte die Schultern. »Es gibt solche Leute.«

»Zu denen gehört ihr glücklicherweise nicht«, stellte Albrecht fest. »Ihr hattet Hunger, ihr habt den einzigen Bäcker gefunden, ihr habt den Strandschock er- und ohne Streit überlebt. Gratuliere! Ich freue mich, dass ihr meine Gäste seid!«

Ich war noch immer sauer. »Testen Sie alle Ihre Gäste? Ich meine, das ist doch auch so was wie schnüffeln, oder?«

Albrecht wiegte den Kopf hin und her. »Seht ihr, ich vermiete nur im Notfall die Zimmer, bin also nicht auf die Einnahmen angewiesen. Und dich, liebe Mimi, muss ich bei deinen Recherchen unterstützen. Aber bist du die Unterstützung wert? Das war die Frage.«

»*Die* Frage«, sagte Carlos plötzlich, »*die* Frage hätte ich Ihnen beantworten können. Mimi ist jede Unterstützung wert.«

Albrecht war so überrascht, dass er sich verschluckte, jämmerlich hustete, aber schließlich japste: »Du auch, Carlos!«

Jetzt endlich sah ich mich um. Das Zimmer war winzig, die Wände waren mit blau-weißen Fliesen gekachelt. Überm Kamin hing ein Bild, das ein Schiff mit mehreren Segeln zeigte. Irgendwie war es anders als die Bilder, die ich kannte. Ich stand auf. »Das ist ja ein richtig gebasteltes Schiff im Glaskasten!«

Albrecht nickte. »Es ist die Nachbildung des Schiffes, das einem der letzten Walfischfänger der Insel gehörte. Peter Eschels hieß er. Sein Schoner, so nennt man diese Art Schiff, fror vor Grönland im Eis fest. Mit drei Schaluppen, das sind Ruderboote, und 23 gefangenen Walrossen machten sie sich übers Eis auf den Weg, um andere Schiffe zu finden und sich in Sicherheit zu bringen. Mit unsäglichen Mühen schleppten sie die Schaluppen übers unebene Eis und ließen sie schließlich, nach 19 Tagen Wanderung, zurück. Nur mit dem Notwendigsten versehen zogen sie weiter, trafen dann am 22. Tag auf offenes Eis und ruderten auf einer Scholle dem Land zu. Dort stießen sie auf ein Haus, in dem sie zu ihrem Schreck und Entsetzen die Leichname von 18 erfrorenen Seeleuten fanden. Deren Schiff lag ziemlich beschädigt an der Küste. Sie machten es wieder flott und segelten am 47. Tag, nachdem sie im Eis eingeschlossen worden waren, los und erreichten glücklich Hammerfest in Norwegen.«

»Wann war das? Und warum haben Sie ausgerechnet dieses Bild aufgehängt?«, wollte ich wissen.

»Peter Eschels ist ein sehr, sehr entfernter Verwandter«, antwortete Albrecht. »Er ging nach diesem Abenteuer nicht mehr auf Walfang – die goldenen Zeiten waren sowieso vorüber –, sondern befuhr auf Handelsschiffen die Weltmeere. Sein Schiff kenterte vor der Küste Englands. Das war im Jahr 1852. Damals war Peter 48 Jahre alt.«

»Ziemlich gefährlicher Job war das«, meinte Carlos nachdenklich. »Und alt geworden ist Ihr Verwandter ja auch nicht.«

Albrecht nickte zustimmend.

»Was meinten Sie mit: ›Die goldenen Zeiten waren sowieso vorüber‹?«, wollte ich wissen.

»Im 15. und 16. Jahrhundert lebte die hiesige Bevölkerung hauptsächlich vom Herings- und Schellfischfang«, erklärte Albrecht. »Aber dann, als die Bestände dezimiert waren, verlegten sich die Fischer auf den Walfang. 1777 ließen etwa 270 Seeleute ihr Leben: Die riskante Jagd auf Walfische im Treibeis vor Grönland wurde ihnen zum Verhängnis, denn die scharfkantigen, mächtigen Eisschollen zerdrückten ihre Schiffe. Im 19. Jahrhundert waren auch die Walbestände so zurückgegangen, dass sich die meisten Fischer auf Handelsschiffen anheuern ließen. Übrigens, eines der Inselfeste soll auf den gefährlichen Walfang zurückgehen. Das ›Biikebrennen‹, das Abbrennen großer Treibholzstapel am 21. Februar, war das Abschiedsfest für die Seefahrer. So behaupten zumindest einige. Ich glaube das aber nicht. Solche Feuer haben unsere Vorfahren überall zur Wintersonnwende entzündet.«

Ich gähnte verstohlen. Diese Walfangstorys waren ja wirklich spannend, aber ich war nach der langen Fahrt und dem aufregenden Abend ziemlich müde geworden.

»Ich zeige euch jetzt eure Zimmer«, erklärte Albrecht. »Und morgen solltet ihr zuallererst Tom Thoms kennenlernen. Mehr verrate ich fürs Erste aber nicht!«

Mein Zimmer war ja so was von winzig! Ich glaube, der größte Gegenstand darin war mein Rucksack. Das Bett war wie ein schmaler, länglicher Kasten unter der Dachschräge eingebaut. Das Tollste daran war, dass ein blau karierter Vorhang zum Zuziehen davorhing. Ich kuschelte mich in die Federn und stellte fest, dass ich oben mit dem Kopf und unten mit den Füßen ans Holz stieß. Ob Carlos' Bett länger war? Hoffentlich, der Ärmste musste sonst mit angezogenen Beinen schlafen!

Holly

= - = -

Am Morgen wachte ich ausgeruht und unternehmungslustig auf. Ich sprang aus dem Kastenbett, stieß mit dem Kopf gegen die Dachschräge, fluchte leise und stellte mich unter die Dusche. Mensch, Mimi, dachte ich, wie sich die Zeiten ändern! Damals in Chile schämte ich mich in Grund und Boden, weil Carlos mich in diesem unsäglich peinlichen Nachthemd am Fenster gesehen hatte. Ich heulte wie ein Schlosshund wegen Rory, dem untreuen Typ, von dem ich dachte, er liebe mich! Und jetzt? Jetzt war ich mit Carlos auf Sylt!

Ich zog meine besten Jeans an und mein pink-orangefarbenes Lieblingshemd. Zugegeben, es war etwas gewöhnungsbedürftig. Die Farben waren ziemlich schrill, aber ich fand, es stand mir wie kein zweites.

Dann band ich meine Haare (nein, nicht lang, seidenglatt und goldblond, sondern braun und kraus) mit drei umeinandergeschlungenen Bändern in Pink, Orange und Jeansblau zusammen, tuschte die Wimpern, trug Lipgloss auf – und war bereit für den ersten Inseltag.

Albrecht war Single, das wusste ich von Markus Fiesel. Er hatte eine Haushälterin, die stand in der

Küche, hieß Märthe, war klein und beleibt und ihr Gesicht war voller Lachfältchen. Sie hatte ein üppiges Frühstück gerichtet, schaufelte Eier mit Speck und gebratenen Pilzen auf die Teller und stellte den Brotkorb daneben. Carlos polterte die Treppe herab, gab mir einen Guten-Morgen-Kuss und dann kam auch Albrecht angeschlurft. Gestern hatte ich gar nicht bemerkt, wie klein, grauhaarig und verschmitzt er war – eigentlich sah er aus wie ein in die Jahre gekommener freundlicher Zauberer aus einer Fantasy-Story.

»Ich bin ein Morgenmuffel«, sagte er. »Nach der dritten Tasse Kaffee könnt ihr mich ansprechen.«

Carlos und ich grinsten. In null Komma nichts hatten wir die Eier verdrückt und schmierten »Rundstücke« mit Butter und Erdbeermarmelade.

Irgendjemand fehlte: klar, Noballs, der Köter!

»Wo ist denn der Hund?«, erkundigte ich mich.

Als hätte ich ihn gerufen, kratzten in diesem Augenblick Krallen gegen Holz. Die Tür wurde aufgestoßen, Noballs kam auf mich zugetrottet, legte seinen Kopf auf meine Knie und schaute mir seelenvoll in die Augen.

»Hast du Hunger? Hast du heute noch nichts zu fressen bekommen?«, fragte ich mitfühlend.

»Der?« Märthe lachte und erklärte etwas in einer Sprache, die wir nicht mal in Bruchstücken verstanden.

Albrecht kicherte und Märthe schlug die Hand vor den Mund. »Versuch es noch mal«, forderte Albrecht sie auf.

Märthe tat ihm wohl oder übel den Gefallen. »Noballs will sein zweites Frühstück erbetteln. Aber gib ihm nichts, du wirst ihn sonst nie wieder los!«

»Er schaut aber so hungrig aus!«

»Ist 'n perfekter Schauspieler«, knurrte Albrecht. »›Mit dem Hungertod ringender Köter‹ ist seine Lieblingsnummer.«

Es fiel mir schwer, den flehenden Augen standzuhalten. »Geh zu deinem Herrchen«, forderte ich ihn auf. Er latschte aber zu Carlos und leckte ihm die Schuhe sauber.

»So, jetzt habe ich den Kaffee intus«, verkündete Albrecht plötzlich. »Los geht's, ihr Lieben. Draußen stehen zwei Räder bereit. Mit denen bewegt ihr euch nach Wenningstedt. Hier ist die Karte von der Insel. Ihr fahrt die Alte Dorfstraße runter, überquert an der Ampel die Straße und biegt auf den Radweg ein. Klar? In Wenningstedt fahrt ihr bis zum Dorfteich. Dort wohnt mein bester Freund, Tom Thoms heißt er. Sollte er nicht zu Hause sein – man weiß nie, was er gerade vorhat –, ist seine Tochter Elli da. Elli betreibt eine Pension für Gäste. Ach ja, noch etwas. Ellis Tochter heißt Holly. Ich mag sie.«

»O.k. Und was sollen wir bei Tom Thoms?«, erkundigte ich mich.

Albrecht löffelte die Erdbeermarmelade einfach aus dem Glas – meine Tante Lise hätte die Krise bekommen!

»Was ihr dort sollt? Er hat die tollsten Storys über die Insel auf Lager. Aber woher soll ich wissen, was euch interessiert? Keine Ahnung. Also fragt selbst, was ihr wissen wollt.«

Ich schwieg verblüfft. Am liebsten hätte ich gesagt: Woher soll *ich* wissen, was ich wissen will? Doch als angehende beste Reisejournalistin aller Zeiten stellt man eine solche Frage nicht. Das ist unprofessionell. Total uncool ist das.

Also sagte ich zum zweiten Mal an diesem Morgen »O.k.«, stand auf und wartete ungeduldig, bis Carlos seine Tasse ausgetrunken hatte.

Albrecht ging ins Nebenzimmer und kam mit einem Päckchen zurück, das er mir in die Hand drückte. »Kleines Geschenk für die angehende Journalistin«, erklärte er. »Ein Notizbuch, wie es die berühmten Schriftsteller benutzten. Du bekommst auch noch was von mir, Carlos. Ich weiß nur noch nicht, was es sein soll, weil ich dich noch nicht gut genug kenne.« Er lachte. »Aber es wäre das erste Mal, dass mir nichts Passendes einfallen würde!«

Das Wetter sah ziemlich unentschlossen aus, also holten wir noch rasch unsere Anoraks und radelten los: auf echten Oldtimern, mit Rücktrittbremse und drei Gängen!

Wenningstedt ist das Dorf südlich von Kampen. Man braucht, oldtimermäßig gesprochen, höchstens eine Viertelstunde, um es zu erreichen. Der Dorfteich ist auch nicht zu verfehlen, er liegt nämlich ganz in der Nähe der Kirche, die aus dunkelroten Backsteinen erbaut ist.

Wir klingelten da, wo in kleinen Lettern *Thoms* und in sehr großen *Pension Dünenblick* stand – und warteten.

»Wir müssen wohl erst wieder einen Test bestehen«, schimpfte ich und klingelte ein zweites Mal.

Jetzt hörten wir ein ziemliches Gerumpel, die Tür wurde aufgerissen und ein Mädchen in meinem Alter stand vor uns. Mir war sie sofort sympathisch, von Carlos erfuhr ich später, dass er sie auch ganz in Ordnung fand.

»Ja?«, fragte das Mädchen.

»Du musst –«, stotterte ich, »bist du Holly?«

»Warum? Wollt ihr ein Zimmer? Pech gehabt, die sind alle belegt.« Das Mädchen war verdammt energisch. Und temperamentvoll. Und sah supergut aus. Einfach Klasse. Fremdländisch. Exotisch. Sie hatte eine Haut wie Latte macchiato, schwarze Augen und lange schwarze krause Haare, die sie zu zwei dicken Zöpfen geflochten hatte.

»Mensch, wir wollen keine Zimmer. Wir haben schon welche. Wir wollen Tom Thoms besuchen. Soll dein Großvater sein, sagte Albrecht Lornsen.«

Da strahlte uns Holly an. »Sagt es doch gleich! Ihr müsst Mimi und Carlos sein, stimmt's? Albrecht hat euch angekündigt! Kommt rein, los!«

Sie führte uns in die Küche, die, bis auf ein paar Töpfe hin oder her, genauso aussah wie Albrechts Küche.

»Tee? Kaffee?« Ohne unsere Antwort abzuwarten, füllte Holly zwei riesige Henkeltassen mit Kaffee, löffelte Zucker rein, goss Milch dazu und stellte sie uns vor die Nase.

»Also: Mein Großvater ist heute nicht da. Morgen vielleicht auch noch nicht. Wenn wir Glück haben, kommt er übermorgen. Begräbnisse enden so oft in fröhlichen Festen, findet ihr nicht auch? Was ich damit sagen will: Ich helfe in den Ferien meiner Mutter bei der Arbeit. Betten machen, Waschbecken putzen, Staub saugen, das Übliche eben. In einer Viertelstunde bin ich fertig, dann habe ich Zeit für euch. Einverstanden?«

»K-k-klar«, stotterte Carlos. »Albrecht sagte allerdings, dein Großvater –«

»Junge, der ist bei der Beerdigung von einem alten Freund! Sagte ich doch, oder? Drüben auf Amrum. Kein Mensch weiß, wann er zurückkommt. Also übernehme ich den Job, o.k.?«

Plötzlich musste ich lachen.

»Was ist los?«

»Albrecht sagte, er mag dich! Jetzt weiß ich, warum er dich mag!«

»So?«

»Ja! Du hast ein Tempo an dir, das ist echt turbo! Der Wahnsinn ist das!«

»Muss an meiner jamaikanischen Ururgroßmutter liegen«, meinte Holly. »Alle meine männlichen Vorfahren bis zu meinem Großvater ... «

»Der, der jetzt auf der Beerdigung ist?«, fragte ich.

»Genau. Bis zu dem waren alle Handelsfahrer und ... «

»... Walfänger«, warf Carlos ein.

»Ihr wisst aber gut über mich Bescheid«, stellte Holly fest. »Dann wisst ihr sicher auch, dass der besagte Ururgroßvater eine Frau aus Jamaika mitbrachte? Er war noch nicht verheiratet, es war also nichts Unrechtes dabei.«

»An so etwas hätten wir nie im Leben gedacht«, sagte Carlos und mimte den Geschockten.

»Gut für euch, ich –«

»Holly! Wo steckst du denn?«, rief jemand.

»Meine Mutter«, erklärte Holly. »Wartet hier in der Küche, ich beeile mich, ja?«

Wir warteten nicht lange. Holly kam, zusammen mit ihrer Mutter Elli, mit Eimern und Schrubber und Lappen aller Art und Größe zurück. »Ich kann jetzt gehen«, erklärte sie atemlos. »Was wollt ihr sehen? Erfahren? Kennenlernen? Vögel? Pflanzen? Ortschaften?«

»Menschen, Meer – und mehr«, sagte ich schnell.

»Gut, das passt mir. Ich schlage vor, wir gehen zuerst mal ins Hotel *Hinter den Dünen*. Eins der besten Hotels auf Sylt. Meine Freundin Maike jobbt dort während der Ferien als Zimmermädchen. Die müsste euch mit jeder Menge toller Storys versorgen können.«

Ihre Mutter nickte zustimmend. »Das ist eine gute Idee. Es ist zwar ein weiter Weg mit dem Rad, aber –«

»Mutter! Bei diesem herrlichen Wetter ist die Fahrt ein Genuss!«, rief Holly.

Herrliches Wetter? Bei uns hätte man dazu »trüber Tag« gesagt.

Wir radelten los, ohne gefragt zu haben, wo dieses Hotel zu finden sei: Wir waren einfach nicht dazu gekommen.

Holly schoss wie der Blitz voraus. Ich war ziemlich gut in Form, aber die Sandpfade, die Holly als Abkürzungswege bevorzugte, erforderten meine ganze Aufmerksamkeit. Carlos folgte mir – bis zu dem Schrei, den er ausstieß, als er ins Heidekraut stürzte.

»Nichts passiert«, versicherte er rasch und achtete darauf, dass Holly von seinem Sturz nichts mitbekam. Männer!

Leider ging mir ziemlich schnell die Puste aus. Mit letzter Kraft schrie ich: »Holly! Halt mal an!«

»Was ist? Machst du schlapp?«

»Quatsch! Aber wenn du so durch die Gegend düst, bekomme ich ja überhaupt nichts davon mit! Ich will was sehen! Ich will keine Rekorde aufstellen! Das kann ich auch zu Hause!«

»Klar. Hast ja recht«, rief Holly und wendete. »Ich

mag nicht gemütlich fahren, ich finde, das macht so müde. Außerdem kenne ich den Weg.«

»Eben!«, japste ich.

Wir gondelten langsamer weiter. Die Gegend gab zwar nicht viel her: weiter Himmel, Heide und Weiden, trotzdem und unerklärlicherweise fand ich sie schön. Ich grübelte darüber nach, was sie so besonders machte, aber bevor ich zu einem Ergebnis kam, erreichten wir ein Dorf. »Keitum« stand auf dem gelben Ortsschild und wir folgten den weißen Wegweisern zum Hotel.

Es ging eine lange, gekieste Auffahrt entlang, dann sprangen wir von den Rädern.

»Wo ist Maike?«, fragte Holly das Mädchen an der Rezeption.

»Maike? Die hat heute ihren freien Tag.«

»Pech gehabt«, kommentierte Holly enttäuscht. »Was machen wir jetzt?« Einer ihrer Zöpfe war aufgegangen. Sie kämmte mit den Fingern die schwarze Krause und flocht ihn von Neuem. »Na, vielleicht treffen wir jemand am Pool. Kommt mit.«

Inzwischen blinzelte die Sonne zaghaft durch die Wolken, also war der Pool vielleicht gar keine schlechte Idee.

Johanna

= - = - = -

Wir schlenderten hinter das Gebäude. Der Garten, besser: der Park, war so angelegt, dass meine Tante Lise bestimmt ins Schwärmen geraten wäre. Rund um den Pool standen Strandkörbe und tatsächlich reckten einige Gäste ihre Gesichter in die müde Sonne.

Plötzlich hielt Carlos mich fest. »Mimi, dort drüben … Ist das nicht die Joggerin vom Kampener Strand?«

»Wo? Ach da … Mensch, Carlos, das ist sie!«

»Kennt ihr jemand?«, fragte Holly.

»Kennen nicht. Nur haben wir die Blonde schon mal gesehen. Gestern Abend bei uns in Kampen.«

Das Mädchen saß auf einer Matte. Neben ihr ließ ein Junge die Beine ins Wasser baumeln.

»Hi«, sagte Holly und baute sich vor den beiden auf. »Wie geht's? Wie steht's?« Sie setzte sich. »Wollt ihr meine Freunde kennenlernen? Mimi und Carlos. Ich heiße Holly. Und wie heißt ihr?«

»Das war die schnellste Anmache meines Lebens«, murmelte Carlos neben mir. »Muss ich mir merken, Mimi.«

»Klar, Carlos!« Ich grinste ihn an. »Ich finde, die

beiden freuen sich nicht gerade über unsere Gesellschaft.«

»Hm. Das Mädchen nicht, der Junge schon eher.«

»Nun kommt schon!«, rief Holly uns zu.

Der Junge lachte. »Ich bin Constantin!«

»Hi!«

»Hi!«

Das Mädchen hatte noch immer nichts gesagt.

»Na, wie ist's? Hast du nun einen Namen oder konnten sich deine Eltern bei deiner Geburt nicht einigen?«, bohrte Holly.

»Sie heißt Johanna«, antwortete Constantin an ihrer Stelle.

»Ihr stört«, sagte Johanna.

Na gut, sie hätte diese Tatsache auch krasser ausdrücken können. »Ihr stört« war ziemlich gemäßigt, wenn man ihren erbosten Gesichtsausdruck dabei betrachtete.

Constantin hob die Augenbrauen. »Quatsch«, sagte er unerwartet entschieden. »Ihr stört überhaupt nicht. Im Gegenteil! Wohnt ihr auch hier?«

»Nein.« Holly schüttelte den Kopf. »Ich habe eine Freundin gesucht, aber die hat heute ihren freien Tag.«

»Was? Deine Freundin arbeitet hier?«, wollte Johanna wissen.

»Manche Menschen müssen arbeiten«, erklärte Holly freundlich. »Ehrlich gesagt, mir wäre es ohne Arbeit ziemlich langweilig.«

»Was arbeitest du?«, fragte Johanna nach.

»Eigentlich gehe ich noch zur Schule, aber in den Ferien helfe ich meiner Mutter. Wir haben eine Pension in Wenningstedt. Und was machst du, wenn du nicht in Ferien bist, Johanna?«

»Ich studiere bald. Kunstgeschichte. Oder Architektur. Ich weiß es noch nicht. In einem Jahr mache ich Abitur.« Sie legte ihre Hand auf Constantins Bein.

»Dann bist du so alt wie ich«, meinte ich.

»So? Ich dachte, du bist älter als ich.«

Wummm, das saß! Noch nie hatte jemand behauptet, dass ich alt aussehen würde! Ich schnappte nach Luft.

Holly hatte das wohl bemerkt, denn sie lenkte ab: »Und du, Constantin? Du vertreibst dir hier die Zeit mit deiner Freundin?«

»Wie kommst du denn auf diesen Blödsinn?«, fragte er entgeistert.

»Na, weil Johanna dich anhimmelt, als wärst du der tolle Typ aus der Levi's-Werbung. Deshalb! Obwohl –« Holly legte den Kopf schief und lächelte. »Obwohl du, abgesehen von Johanna, wahrscheinlich ein super Kumpel bist.«

»Wie soll ich das verstehen?«

Holly kicherte und sagte mit einem bedeutungsschwangeren Blick auf Johanna: »Sag mir, mit wem du umgehst, und ich sag dir, wer du bist!«

Constantin lachte. »Mensch, Holly, das predigte mir mein Vater jeden zweiten Tag!«

Johanna stand auf. Sie streckte sich und warf die langen Haare zurück, dann stippte sie den großen Zeh ins Wasser und meinte: »Hey, Constantin, ich geh dann mal. Sehen wir uns heute Abend?«

»Weiß nicht. Vielleicht. Wo würde ich dich denn finden?«

»Gleicher Ort, gleiche Zeit: in der *Malabar.*« Johanna griff nach dem Badetuch. »Und ihr? Müsst ihr Armen heute Abend nicht arbeiten?«

»Ich arbeite immer«, antwortete ich lässig.

»Ich auch«, unterstützte mich Carlos.

»So? Und was machst du denn?« Johanna sah ihn aufmerksam an. Garantiert bemerkte sie, dass mein Carlos eine No-Name-Jeans trug und ein ziemlich verwaschenes Polohemd. Und seine Schuhe machten auch nicht viel her. Sie hatte ihn ganz richtig als mittellosen Schlucker eingeordnet, rümpfte die Nase und fragte bissig: »Gehst du noch zur Schule oder jobbst du auch im Gaststättengewerbe?«

»Weder – noch«, antwortete Carlos. »Ich studiere. Nichts Besonderes, mal dies, mal das. Hauptsächlich ... aber das wird dich bestimmt nicht interessieren, Johanna.«

»Ganz recht. Ich habe andere Interessen. Tschüss dann!«

»Und tschüss!«

»Wow!«, meinte Holly. »Das ist ein ganz schönes Biest. Was gefällt dir so an ihr, Constantin?«

»Nichts. Weiß der Geier, wo ich sie kennengelernt habe«, antwortete er kopfschüttelnd. »Wahrscheinlich hat sie mich kennengelernt. Irgendwie war sie nämlich plötzlich da.«

»Bist du ganz alleine?«

»Nein, ich bin mit meiner Mutter hier. Versteht mich nicht falsch. Es ist nur so, dass mein Vater vor ein paar Monaten gestorben ist. Da wollte ich meine Mutter nicht ... ich wollte –«

»Brauchst uns nichts erklären«, unterbrach ihn Holly schnell. »Ist doch klar, dass du deine Mutter begleiten musst. Aber warum seid ihr nach Sylt gekommen? Gibt's dafür einen Grund?«

Constantin nickte. »Hier hat sie meinen Vater kennengelernt. Übrigens, da kommt sie.«

Er sprang auf und eilte ihr entgegen, kam dann zurück und sagte: »Heute Abend in der *Malabar*, ja? Bis bald!«

»Das wär's dann hier. Kommt, ich zeige euch noch was von der Insel!«, versprach Holly.

Die erste Sehenswürdigkeit war die Keitumer Kirche St. Severin. »Da soll in germanischer Zeit ein Heiligtum Odins gewesen sein«, erklärte Holly. »Odin war ein heidnischer Gott. Na, und als die Insel missioniert wurde, haben sie auf dem alten Platz eine Kapelle errichtet. Das war praktisch, die Leute mussten sich nicht an sehr viel Neues gewöhnen. Später kam dann der Turm dazu, damit sich die Seefahrer orientieren konnten.«

Wir spazierten auch durch den Friedhof, der mit seinen alten Bäumen und sorgfältig gestutzten Büschen aussah wie ein Park, und radelten dann weiter. Zuerst fuhren wir Richtung Westen, dann bog Holly scharf ab nach Süden. Irgendwann machte sie halt und erklärte, dass sie bis zur Südspitze wolle, um uns dort das Vogelparadies zu zeigen.

»Seid ihr damit einverstanden?«

»Warum nicht?«, entgegnete Carlos.

»Na dann!«

Am Nachmittag standen wir wirklich am äußersten und südlichsten Punkt der Insel. Der Strand war durch riesige schwarze Steinbrocken geschützt. Carlos behauptete, es sei Basalt. Der Wind blies kräftig und wehte uns Gischt ins Gesicht. Ich küsste Carlos. »Schmeckst du das Salz auf unseren Lippen? Dein Kinn ist auch salzig«, stellte ich fest, nachdem ich es mal kurz abgeleckt hatte.

»Mimi!«, rief Carlos entsetzt. »Bist du vielleicht Noballs?«

Holly deutete auf verschiedene Vögel und nannte deren Namen. Aber sosehr ich mich auch anstrengte, ich fand, dass sie sich alle ähnlich sahen.

»Das ist eine Silbermöwe! Und das ein Sandregenpfeifer! Und schaut nur, das ist ein Austernfischer!«

»Alles klar! Weißt du was, Holly?«, brüllte Carlos gegen den Wind. »Mir wird kalt! Können wir uns nicht irgendwo aufwärmen?«

»In der *Malabar*!«, lachte sie.

Inzwischen knurrte mein Magen. »Sag mal, Holly, hast du keinen Hunger?«

»Warte, bis du in der *Malabar* bist, o.k.?«

Wir stiegen also wieder auf die Räder und traten in die Pedale. Das Schicksal meinte es nicht gut mit uns. Wir hatten kräftigen Gegenwind und einmal stieg ich sogar ab, weil ich dachte, im nächsten Augenblick vom Rad geweht zu werden.

Schließlich und endlich erreichten wir die *Malabar*. Auf dem Parkplatz standen so viele Autos, dass wir kaum ein Plätzchen für unsere Räder fanden. Die Kneipe – eigentlich ist es eine große Hütte, ähnlich wie in den Alpen, nur hat sie riesige Fenster und liegt direkt am, nein, fast über dem Wasser – hat natürlich einen tollen Blick und ist total angesagt. Das ließ sich an der Zahl der Gäste leicht erkennen: Sie saßen innen, davor und sogar zwischen den Dünen.

Ich interessierte mich zunächst nur für die Speisekarte und ignorierte die Preise. Erst als ich eine der Spezialitäten des Hauses, Currywurst mit Pommes, verspeist hatte, nahm ich meine Umgebung wahr.

Und die war wirklich sehenswert! Hier saß jede Menge Material für meine Storys!

»Schau mal, Mimi, das da am Nebentisch ist ein

Fernsehmoderator. Daneben ist die, die in ›Gute Zeiten, Schlechte Zeiten‹ …«

Ich kam aus dem Staunen gar nicht heraus und notierte fieberhaft ihre Infos.

»Was machst du denn da, Mimi? Schreibst du Ansichtskarten für die Lieben zu Hause?«

Ich schaute auf. »Johanna!«

Johanna setzte sich ohne zu fragen zu uns. »Constantin ist noch nicht hier?«, erkundigte sie sich beiläufig.

»Wenn er nicht am Tisch sitzt …?« Carlos sah sich betont aufmerksam um.

Johanna zuckte die Schultern. »Also, Mimi, warum schreibst du? Du bist doch nicht von der Presse, oder?«

»Nein, nein, sie übt Schönschrift«, erklärte Carlos mit liebenswürdiger Miene.

»Quatsch!« Johanna schaute mir ungeniert ins Notizbuch. »Du bist *doch* von der Presse!«

»Bin viel zu jung dazu«, wehrte ich ab. »Es ist schon so, wie Carlos sagt: Ich übe Schönschrift.«

Johanna verstand keinen Spaß. Sie rümpfte die Nase, zog einen Spiegel aus ihrer Handtasche und trug Lippenstift auf, obwohl noch kaum etwas von der Farbe abgegangen war. »Sag ehrlich: Warum schreibst du auf, wer alles hier ist? Und wie die Leute aussehen?«, beharrte sie.

Holly beugte sich über den Tisch und flüsterte vertraulich: »Sie ist noch sehr jung, aber sie ist ein Genie, musst du wissen! Sie ist wirklich von der Presse, sie soll jede Menge Artikel über die Berühmtheiten der Insel schreiben. Ganz ehrlich und ohne Witz! Ich habe ihr schon die seltenen Vögel gezeigt, und nun sind wir hier, um –«

»Für welche Zeitung schreibst du denn?«, unterbrach sie Johanna unhöflich. »Für die Sylter?«

»Klar, für die auch. Aber nicht nur«, bestätigte Carlos stolz, wenn auch nicht ganz wahrheitsgemäß.

Ich musste mir das Lachen verkneifen, denn Johanna setzte sich in Positur und wurde plötzlich katzenfreundlich. »Ich habe dir«, begann sie und hustete diskret, »als wir uns am Pool trafen, nur unvollständige Informationen zukommen lassen. Es ist so, dass ich zwar nächstes Jahr das Abitur mache, aber bereits jetzt jobbe ich regelmäßig bei einer angesagten Modelagentur. Ich bin auch nur deshalb auf der Insel, weil mich mein Agent bekniete, doch am diesjährigen Modelwettbewerb teilzunehmen. Der Event findet am Wochenende statt und mein Agent ist überzeugt, dass ich als Siegerin daraus hervorgehen werde. Totaler Stress, aber natürlich wichtig für die Publicity, vor allem, weil mein Agent mich groß aufbaut«, schloss sie seufzend.

»Stimmt das?«, fragte ich Holly. »Findet am Wochenende wirklich eine Modelwahl statt?«

Holly nickte.

»Wo? In Westerland?«

»Am Flughafen. Wir haben da eine Halle für Partys und besondere Veranstaltungen wie zum Beispiel die Modelwahl.«

»Cool!« Ich notierte Termin und Ort. »Tolles Thema für einen Artikel!«

Johanna hüstelte wieder. »Ich komme dir gerne entgegen. Wenn es dir recht ist, stehe ich dir für ein Interview zur Verfügung. Ich denke, mein Agent wird nichts dagegen haben.«

Jetzt wurden wir drei anderen von einem fürchterlichen Hustenanfall geschüttelt.

»Vielleicht«, keuchte Carlos, »vielleicht steht ihr auch dein Agent zur Verfügung? Ginge das, Johanna?«

»Gute Idee, Carlos«, lobte ich. »Wer ist denn dein Agent, Johanna? Der, an dem du am Strand vorbeigejoggt bist? Oder einer, mit dem du dich in der Kampener Kneipe unterhalten hast?«

Irritiert schüttelte Johanna ihre Haare zurück. »Weder – noch. Zurzeit ist er nicht auf Sylt.«

»Ach, wie schade. Na, dann werde ich mir das mit dem Interview mal durch den Kopf gehen lassen«, meinte ich.

»Klar. Ich denke natürlich an ein Exklusivinterview«, erklärte Johanna.

»Was denn sonst? Mit kleinen Fischen gebe ich mich nicht ab«, versicherte ich lässig. Mein Gott, diese Johanna schien ziemlich beschränkt und für Spott total unempfindlich zu sein.

Es wurde dann aber doch noch ein sehr spaßiger Abend. Als Constantin kam, machte sie sich zwar wieder voll an ihn ran, aber nachdem er das dritte Mal ihre Hand von seinem Arm abgeschüttelt hatte, verstand sie die Botschaft und ließ ihn in Frieden.

Drei Schritte vorm Verderben!

Am nächsten Vormittag bummelten Carlos und ich Hand in Hand durch Kampen. Das Dorf war zu dieser frühen Stunde wie ausgestorben, nur vor einem Café starrten zwei verschlafen aussehende Gäste verdrießlich in ihre Tassen.

Am Strand war auch noch nicht viel los. Ein paar Leute führten ihren Hund an der Leine spazieren, andere joggten, wieder andere ließen sich einfach den Wind um die Nase wehen.

Es war ein kräftiger Wind. Er hielt unsere Plastiktüte mit den Badesachen komplett waagrecht, und obwohl die Wellen mächtig auf den Strand schlugen, verspürten wir wenig Lust auf ein Bad – dazu fand ich es einfach zu kalt. Wir zogen die Schuhe aus, krempelten die Jeans hoch und gingen hart am Wasser entlang Richtung Norden. Nach wenigen Metern blieb Carlos stehen und deutete auf das Kliff zu unserer Rechten. »Das muss ich mir genauer ansehen«, murmelte er. »Bin gleich wieder da, ja?«

»Hast du eine geologisch-geomorphologische Verwerfung entdeckt?«, rief ich ihm nach und bückte mich nach einer Muschel. Es blieb nicht bei der einen. Bald hatte ich alle Hosentaschen gefüllt und war so weit gegangen, dass ich Carlos aus den Augen verloren hatte. Also kehrte ich um und stellte fest, dass der Strand inzwischen ziemlich bevölkert war. Der Wind wehte noch kräftiger, ich sah, wie zwei Jungs zuerst einen, dann einen zweiten roten Ball an einem Mast aufzogen. Was das wohl zu bedeuten hatte? Die Jungs sahen klasse aus, braun gebrannt, Haare zerzaust, blond gesträhnt, breites Grinsen, coole Sonnenbrillen, und ihr Lager hatten sie in einer roten Hütte auf Rädern aufgeschlagen. Das quietschgelbe Surfbrett daneben machte sich auch gut, und alles zusammen – rote Hütte, gelbes Brett, blaue Wellen, weiße Schaumkronen – drängte sich als kitschiges Motiv für ein Erinnerungsfoto auf.

Ich setzte mich in den Sand und schlug die Arme um mich. Komisches Wetter, dachte ich. Tolle Sonne – und trotzdem diese Kälte. Brrr! Die Wellen krachten auf den Strand. Ganz in meiner Nähe unterhielten sich zwei Männer. Der Wind trug Gesprächsfetzen zu mir herüber. »Börse« verstand ich und »Aktienkurs« und »Bankhaus Soundso«.

Drei Kinder spielten friedlich mit bunten Sandkuchenförmchen, kleinen Schaufeln und Eimerchen im Sand. Wahrscheinlich gehörten sie zu den beiden Männern, die sich so leidenschaftlich über ihr Vermögen unterhielten.

»Hi, Mimi, endlich habe ich dich gefunden!«

»Holly!«

»Klasse Wetter, was?«

»Sag mal, frierst du nicht?«

»Bei der Hitze? Bist ja verrückt!«

»Hitze?« Ich musterte Hollys Shorts und Hemdchen. »Ganz schön abgehärtet, was? Was bedeuten eigentlich die roten Bälle an der Stange?«

»Absolutes Badeverbot«, erklärte sie knapp. »Steife Brise, starke Strömung und Brandung. Siehst du die Jungs? Das sind unsere Rettungsschwimmer. Du weißt schon: Baywatch. Sieht zwar lässig aus, ist aber kein Fun-Job. Wo ist Carlos?«

»Irgendwo am Kliff«, erklärte ich.

»Warum das denn?«, fragte sie verblüfft.

»Er sucht dort 'ne Verwerfung.«

»Willst mich wohl auf den Arm nehmen?«

»Nein, ehrlich! Er studiert Geologie, deshalb.«

»Warum hat er das nicht gleich gesagt? Ich könnte ihm 'ne Menge über die Insel erzählen ... Schau mal, da kommt Constantin!«

»Fehlt nur noch Johanna«, murrte ich. »Aber auf die kann ich verzichten.«

»Ich auch«, bestätigte Holly lachend. »Hi, Constantin, wo hast du denn deine ständige Begleitung gelassen?«

Constantin plumpste neben uns in den Sand. »Keine Ahnung. Ich hab sie mir nicht ausgesucht, trotzdem klebt sie an mir wie ein Kaugummi. Meine Mutter ist ganz schön sauer auf sie.«

»Warum?«

Constantin runzelte die Stirn. »Sie sagt, sie kennt den Typ.«

»Ich auch. Carlos und ich nennen ihn den ›Wanda-Typ‹«, erklärte ich. »Von Carlos will Johanna zum Glück nichts wissen. Der ist ihr zu arm.« Wir lachten.

Holly grub die Zehen in den Sand. »Sag mal, Constantin, was machst du eigentlich so?«

»Ich? Dasselbe wie ihr. Ich gehe noch zur Schule. Zwölfte Klasse.«

»Und sonst? Ich meine, was machst du in deiner

Freizeit?«, bohrte Holly. »Tennis? Golf? Segeln? Partys? Hast du einen Job?«

»Weder – noch.« Constantin schwieg.

»Nun sag schon! Schule ist doch wirklich nicht alles, oder?«

»Ihr würdet es nicht verstehen. Vielleicht würdet ihr mich sogar auslachen«, erklärte er widerwillig. »Passt denn niemand auf die Kinder auf?«

»Klar. Ich glaube, die beiden Männer sind ihre Väter«, antwortete ich.

»Constantin, Junge, du machst es aber spannend.« Holly legte den Kopf schief. »Sieh mal, ich werde später unsere Pension weiterführen, also arbeite ich mich schon mal ein. Mimi wird Journalistin, Carlos studiert – was studiert er noch mal?«

»Geologie«, half ich aus.

»Eben. Er studiert Geologie und untersucht gerade das Kliff hinter uns. Und was machst du?«

»Ich finde meinen Computer ganz interessant und außerdem lese ich. Ich lese ziemlich viel«, erklärte Constantin endlich.

»Und dafür schämst du dich? Das kapiere ich nicht.«

Ich verstand Constantin. Lesen ist was ziemlich Privates, und wenn man sagt, was man liest, gibt man einiges von sich preis.

»Und was liest du? Bücher über Computer? Krimis?«

»Siehst du? Du denkst nur an das Naheliegende.«

»Mann, reg dich nicht auf!«, beschwerte sich Holly. »Man wird doch wohl noch fragen dürfen, oder?«

»Ja, aber antworten muss man nicht!« Constantin schaute stur geradeaus. »Die Väter sollten besser auf die Kleinen aufpassen«, meinte er halblaut. »Die spielen zu nah am Wasser.«

Ich verstand zwar auch nicht so recht, weshalb er nicht sagen wollte, welche Bücher er las, aber Hollys Neugierde war schon ein wenig penetrant. Jetzt beugte sie sich zu ihm rüber und zupfte an was Gelbem, das aus seiner Hosentasche schaute. Ich kannte die gelben Heftchen. Schullektüre! Öde Klassiker! Langweilige Lesestunden! Schlafstunden! Ich grinste.

»He! Lass das!«, schrie Constantin und klopfte Holly auf die Finger.

Aber das gelbe Reclamheftchen lag schon im Sand. »Der Schimmelreiter«, las ich. »Theodor Storm. – Liest du das freiwillig?«, fragte ich verblüfft. »Alle Achtung.«

»Wenn du schreibst, musst du doch auch lesen«, entgegnete Constantin.

»Ja, aber mich interessieren Berichte über gefährliche Reisen und Abenteuer.«

Constantin nickte. »So was in der Art wie ›Gerade noch mal davongekommen!‹, ›Drei Schritte vorm Verderben!‹ oder ›Das Wasser stand mir bis zum –‹«

Genau in diesem Augenblick hechtete jemand über unsere Köpfe, Sand spritzte in unsere Augen, wir schrien, sprangen auf und – »Carlos!«, brüllte ich.

Ich sah gerade noch, wie er voll bekleidet, mit lang ausgestreckten Armen und einem Riesensprung in die Wellen tauchte. Dann war er verschwunden.

»Carlos!«

Für den Bruchteil einer Sekunde tauchte sein Kopf aus dem Wasser auf.

Die beiden Baywatcher, die die roten Bälle aufgezogen hatten, sprinteten an uns vorbei und warfen sich ebenfalls in die Wellen.

»Was ist passiert?«, fragte eine dicke Frau.

»Ich glaube, eines der Kinder ist …«

»Sandra!«, schrie jetzt einer der Aktien- und Börsenmänner. »Mein Gott, Sandra!« Er streifte die Schuhe ab und rannte in Strümpfen über den Strand.

»Bleib hier! Du musst nicht auch noch ins Wasser!«, brüllte der andere und hielt ihn zurück.

Eine Welle warf das rote Plastikeimerchen auf den Strand.

Aber Carlos?

Ich hatte fürchterliche Angst um ihn. Wenn ihn die Strömung erfasst hatte, wenn er aufs offene Meer hinausgezogen wurde, wenn – und das ausgerechnet an einem so belebten, sogar bewachten Strand!

Aber da! Carlos tauchte auf und gleich darauf auch die anderen.

Sie hielten das Kind in den Armen und wateten an den Strand.

»Zu wem gehört das Mädchen?«, fragte Carlos.

»Zu mir!« Der Vater war vollkommen aufgelöst.

»Es ist nichts passiert«, sagte einer der beiden Jungs, die sich auch ins Wasser gestürzt hatten. »Aber ich verstehe nicht, weshalb Sie nicht besser auf Ihr Kind aufgepasst haben. Sie sehen doch die beiden roten Bälle! Absolutes Badeverbot!«

»Ja, natürlich, aber … Ich weiß gar nicht, wie das passieren konnte! Sandra, ist alles o.k.?«

»Sie wollte doch nur Wasser holen! Zum Sandkuchenbacken!«, heulte einer der Kleinen.

Ich klammerte mich an den triefenden Carlos.

Holly nahm den weinenden Jungen in den Arm und tröstete ihn. »Es ist vorbei, beruhige dich. Sandra ist nichts geschehen, sie hat nur einen tüchtigen Schreck bekommen.«

Carlos ist ein Held!

Die Väter und die Jungs von der Küstenwache tauschten Adressen aus. »Aber eigentlich hat *er* es zuerst bemerkt«, sagte einer von ihnen und zeigte auf Carlos. »Wie heißt du?«

»Das tut doch nichts zur Sache«, meinte Carlos. »Ich habe zufällig gesehen, wie die Kleine von einer Welle erfasst wurde, und bin hinterhergetaucht. Jeder hätte das getan.«

»Er heißt Carlos und wohnt zurzeit bei Lornsen«, erklärte Holly ungefragt. »Die Adresse finden Sie im Telefonbuch.«

Es gab noch einiges Hin und Her, jemand brachte eine Decke und wickelte die schluchzende Sandra ein, dann stapften die Väter samt Kindern davon. Die Förmchen zum Sandkuchenbacken und das angespülte rote Eimerchen ließen sie zurück.

Die Menge zerstreute sich.

»Mensch«, sagte der eine der Baywatch-Jungs zu Carlos, »den ganzen Morgen hielten wir schon die Daumen und hofften, dass nichts passiert. Wir hatten die Augen überall – und dann das! Klasse, wie du das gemacht hast!«

»Wie war das?« Ich merkte, dass mir noch immer

die Zähne klapperten. »Die wahren Abenteuer finden im Kopf statt? Stimmt nicht. Carlos, wenn du ertrunken wärst!«

»Bin ich aber nicht. Es war wirklich nicht gefährlich. Ihr hättet die Kleine genauso aus dem Wasser ziehen können, wenn ihr es gesehen hättet.«

»Wir haben es aber nicht gesehen, obwohl wir direkt davor saßen«, sagte Constantin. »Mimi, erinnerst du dich? Wir sprachen über richtige Abenteuer. ›Drei Schritte vorm Verderben!‹ und ›Gerade noch mal davongekommen!‹. Das hier war eben echtes Leben, das war keine Literatur!«

»Carlos, du musst die nassen Klamotten ausziehen«, befahl Holly.

Carlos sprang auf. »Du hast recht. Der Wind ist verdammt kalt.« Er machte sich mitsamt der Plastiktüte auf in Richtung Dünen und kam in Badehose und mit umgelegtem Handtuch zurück.

»Carlos, du bist ein Held«, sagte Holly. »Morgen kommst du in der ›Sylter Zeitung‹.«

»Quatsch. – Ich muss mir etwas Warmes anziehen. Kommst du mit, Mimi?«

Um nichts in der Welt hätte ich ihn jetzt alleine gehen lassen.

»Ich begleite die beiden«, sagte Holly zu Constantin. »Was hast du vor?«

»In genau –«, er schaute auf die Uhr, »in genau 21 Minuten treffe ich mich mit meiner Mutter im *Dorfkrug* zum Mittagessen.«

»O.k. Dann sehen wir uns ja wieder«, erklärte Holly.

»Es macht dir wohl Spaß, das Leben anderer Leute zu organisieren, was?«, fragte Constantin.

Holly stutzte. »Tu ich das?«

»Allerdings, ununterbrochen«, antwortete Constantin. »Merkst du das nicht?«

»Nö.« Holly schluckte. »Ich – äh, ich meine das nicht böse.«

Constantin sah sie nachdenklich an. »Stimmt. Es ist wohl einfach deine Art.«

Holly wurde feuerrot. »Gut, dann eben nicht.«

»Was meinst du?«

»Dann treffen wir dich eben nicht wieder, wenn Carlos sich umgezogen hat, du Esel.«

Jetzt wurde Constantin rot. »Wie du willst!«

»Streitet ihr euch ruhig weiter. Wir gehen«, sagte ich und packte Carlos am Arm. »Tschüss dann!«

Die beiden nahmen keine Notiz von uns.

Märthe stand in der offenen Haustür. »Ich weiß schon alles! Gerade war jemand von der ›Sylter Zeitung‹ am Telefon. Er wollte wissen, ob du schon zu Hause bist, Carlos. Ich habe gesagt, in zehn Minuten wärst du da. Die sind jetzt um.«

»Märthe!«

Das Telefon schrillte und Carlos raste los.

»Ich habe ihm gesagt, wir hätten die Fachfrau im Haus«, erklärte Märthe weiter. »Da hat er gesagt, ist ja toll, er würde dich auch gerne mal kennenlernen, Mimi. Wahrscheinlich kommt er zum Tee am Nachmittag. Jedenfalls habe ich gesagt, der Kuchen sei zur Teezeit fertig und ich würde ihn herzlich einladen.«

»Märthe, du bist unmöglich!«

»Das sagt Albrecht Lornsen auch immer«, meinte sie ungerührt.

»Wo ist Albrecht?«

»Der geht mit Noballs spazieren. Komm mit in

die Küche, ich habe Wasser heiß gemacht, der Junge muss jetzt was Warmes trinken.«

»Gut ...«, hörten wir ihn. »Wenn es sein muss ... Sie haben das mit Märthe schon besprochen? ... Ja dann! ... Zur Teezeit ... Ja. Tschüss.«

»Na, was habe ich gesagt?! Er kommt zur Teezeit.« Märthe reichte Carlos ein Glas. »Achtung. Das ist heiß!«

»Mensch, Märthe, das ist mir ja nur peinlich«, jammerte Carlos.

»Was denn? Dass du die Kleine vorm Ertrinken gerettet hast? Ich kenne Leute, denen wäre es peinlich, wenn sie einen Menschen *nicht* vorm Ertrinken gerettet hätten«, entgegnete sie empört.

Mit Märthe konnte man nicht diskutieren, die redete einen einfach nieder und hatte immer das letzte Wort!

Das ganze Friesenhaus war kuschelig und gemütlich, aber der allergemütlichste Platz war doch in der Küche. Wir saßen am Tisch. Märthe hatte dem heftig protestierenden Carlos den Grog aufgedrängt und dabei gesagt: »Willst du wohl den Schnabel halten? Wir auf der Insel haben unsere eigene Medizin!« Und nun löffelten wir eine heiße Suppe. Ganz klar, es war Kartoffelsuppe!

Wir »klönten« und »schnackten« und lauschten Märthes Geschichten. Wir lernten den Unterschied zwischen Seeräuber und Strandräuber kennen und wurden darüber aufgeklärt, dass die Kacheln an den Wänden der guten Stube, dem »Piisel«, nicht aus Vorsicht vor Hochwasser angebracht wurden, sondern dass diese Sitte von den Handelsfahrern herrührte, die sie als begehrtes Reiseandenken von ihren Fahrten mitbrachten.

»Ich habe daheim sogar einen Schrumpfkopf«, erklärte Märthe stolz. »Von meinem Ururgroßvater.«

»Was? Der Ururgroßvater als Schrumpfkopf?« Das wollte ich nicht glauben. »Wer hat sich denn die Mühe gemacht, seinen Kopf zu präparieren? Ist doch total eklig, oder?«

»Wieso eklig? Erstens ist es nicht sein eigener Kopf, sondern einer, den er aus Borneo mitgebracht hat, und zweitens soll es auch nur ein Affenkopf sein. Trotzdem, es ist eine Kostbarkeit.«

Als es klingelte, schraken wir zusammen. »Die Presse?«

Es war aber Holly, die eine Einladung von Constantins Mutter brachte. »Geht nicht, nachher kommt der Typ von der ›Sylter Zeitung‹«, meinten wir bedauernd.

»Er kommt doch nur zum Tee«, erklärte Märthe. »Geht's bei euch nicht später? Ruf doch mal an, Holly.«

Carlos und ich schüttelten den Kopf. Offensichtlich war das Organisieren die Lieblingsbeschäftigung der Inselbewohner.

Holly schritt gleich zum Telefon und informierte uns dann grinsend, dass Constantins Mutter uns gleich auf die Zeit »nach dem Tee« eingeladen hätte. »In ihr Hotel. Sie schickt ein Taxi.«

»Weil ihr Berühmtheiten seid«, stellte Märthe stolz fest.

Später zeigte sich aber, dass Märthe mit ihrer Vermutung völlig falsch gelegen hatte. Der Grund für die Einladung war dermaßen ungewöhnlich, dass – aber das berichte ich, wenn es so weit ist.

Jedenfalls kam kurz nach Hollys Telefonat Jens-

Uwe von der »Sylter Zeitung«. Carlos berichtete in einer halben Minute, was er gesehen und getan hatte und dass das Ganze überhaupt keine Frage des Mutes gewesen sei.

Jens-Uwe notierte alles pflichtschuldigst und meinte dann: »Ist ja auch nicht die erste Kindsrettung auf Sylt, was?«

Er klopfte Carlos auf die Schulter. »Das Besondere an dem Fall ist deine Bescheidenheit. Hättest mal hören sollen, wie sich der Typ aufgeführt hat, der vor zwei Tagen einen Hund aus dem Wasser zog!« Er wandte sich an mich. »Und du willst mal Kollegin werden?«, fragte er von oben herab. »Sag's mir, wenn du so weit bist, ja? Bis dann!«

Ich hasse Menschen, die mich behandeln, als wäre ich noch ein Kind. »Dem werde ich Exemplare von unserem ›Tagesboten‹ schicken«, knirschte ich. »›Wenn du so weit bist‹! Ha! Das Einzige, was der mir voraushat, ist das Alter!«

»Und eine Prise Erfahrung«, ergänzte Märthe sachlich. »Ich finde aber auch, dass er netter zu dir hätte sein können!«

Die Einladung

Den ganzen Tag über hatten wir nichts von Johanna gesehen. »Ob sie wohl auch eingeladen wurde?«, fragte ich Holly.

Sie schüttelte entschieden den Kopf. »Glaube ich nicht. Ich habe nämlich gehört, wie Constantins Mutter zu ihm sagte: ›Und schau zu, dass diese Johanna von der Einladung nichts erfährt. Ich möchte sie nicht dabeihaben.‹«

»Ich verstehe das alles nicht«, sagte Carlos. »Da steckt irgendwas dahinter, wovon wir keine Ahnung haben.«

»Dann lassen wir uns eben überraschen«, meinte ich. »Ich mag Überraschungen, vor allem, wenn sie mich nichts angehen!«

»Wer weiß ...«, schmunzelte Carlos.

Märthe wieselte um uns herum und achtete darauf, dass wir uns so schick wie nur möglich herausputzten. »Das seid ihr der Frau schuldig«, versicherte sie ernsthaft. »Wenn sie im Hotel *Hinter den Dünen* wohnt, erwartet sie das von euch. Wisst ihr überhaupt, wie sie heißt?«

»Keine Ahnung. Wir kennen ja nur Constantin.«

Sie seufzte. »Wenn ich nur wüsste, wo Albrecht Lornsen steckt. Er sagt aber auch nie, wann er zurückkommen wird! Ausgerechnet heute, wo wir ihn bräuchten, bleibt er verschwunden.«

»Das dachten wir auch, als wir hier ankamen.«

»Er war schon immer ein Einzelgänger und hat nie – horcht! Euer Taxi!«

Keine Minute später stiegen wir in den Wagen.

»Zum Hotel *Hinter den Dünen,* Keitum«, sagte Holly und nahm vorne neben dem Fahrer Platz. »Ach, du bist's, hallo, Björn! Fahr mit 'nem bisschen Tempo und mach uns einen Extrapreis, ja?«

»Holly! Langsam, langsam! Immer unter Volldampf, was?«

Holly lachte und wandte sich zu uns nach hinten um. »Björn ist unser Nachbar. Wir kennen uns seit einer Ewigkeit.«

Carlos und ich hielten auf der ganzen Fahrt Händchen. Wenn ich Carlos verloren hätte – undenkbar! Komisch, dass besondere Ereignisse einem erst zeigen, wie gern man einen Menschen hat. Ob das der Sinn schrecklicher Begebenheiten ist?! Ich nahm mein neues Notizbuch aus der Plastiktüte und notierte den Gedanken.

Wenn man die Auffahrt zum Hotel im Taxi hochfährt, ist das eine ganz andere Show, als wenn man auf einem Oldtimer-Fahrrad strampelt und dabei auch noch mit Gegenwind zu kämpfen hat. Wir stiegen aus, marschierten an die Rezeption und wurden in ein kleines Teezimmer geführt: geflieste Wand, klar, das musste hier wohl so sein, und Blick auf den Park. Constantin eilte uns bereits entgegen.

»Fehlt nur noch, dass er uns in die Arme nimmt und Küsschen verteilt«, spottete ich halblaut.

»Nimm dich zusammen, Mimi«, flüsterte Carlos.

»Warum? Hier kennt mich doch niemand.«

»Stimmt. Aber ich kenne dich gut genug, um zu wissen, dass du zu vielem fähig bist. Erinnere dich nur an die rote Karte.«

Ich kicherte. »Schau mal!« Ich zog die gelbe Karte aus meiner Hosentasche.

Carlos schloss entsetzt die Augen. »Die wahren Abenteuer finden im Kopf statt, Mimi. O Gott, hier gibt's aber doch keine Abenteuer.«

»Nur am Strand«, beruhigte ich ihn.

»Könntet ihr vielleicht endlich mal mit dem Getuschel aufhören?«, zischte Holly. »Benehmt euch, ja?«

Constantin verschonte uns mit ausgebreiteten Armen und Wangenküsschen. »Mimi, Holly, Carlos«, stellte er uns vor. »Das ist meine Mutter. Frau Rieck.«

»Ich heiße Susanne«, sagte Frau Rieck und schüttelte uns die Hand. »Tee wollt ihr wohl nicht mehr. Saft? Cola? Was soll's denn sein?«

Wir einigten uns auf Cola und schwiegen unbehaglich. Frau Rieck war eine superschöne Frau, aber eine Prise von Hollys Temperament hätte ihr gutgetan. Sie wirkte so … müde? Ja, das war's. Ich erinnerte mich, dass ihr Mann erst vor ein paar Monaten gestorben war. Das war wohl der Grund dafür, dass sie so müde aussah. Am liebsten hätte ich ihr eine Maxiportion Lebensfreude geschenkt, wenn ich es nur gekonnt hätte. Und noch etwas fiel mir auf. Sie strich die Haare mit einer besonders eleganten Handbewegung aus der Stirn und diese Angewohnheit hatte Constantin auch. Genau so wie seine Mutter strich er die Haare nach hinten.

»Ihr habt euch sicher über die Einladung gewundert«, begann sie. »Es ist einfach so, dass ich Constantins Freunde gerne kennenlernen möchte. Besonders wenn es so außergewöhnliche Menschen sind wie ihr.«

Das war ziemlich dick aufgetragen. Ich räusperte mich und trat Carlos verstohlen auf den Fuß.

Carlos musste natürlich von der mutigen Kindsrettung berichten und Holly von ihrer Pension. »Seit wann steht denn das Haus?«, erkundigte sich Frau Rieck.

»Erbaut 1778«, antwortete Holly prompt. »Alles original erhalten … na ja, fast original«, schränkte sie ein.

»Ich war«, sagte Frau Rieck, »vor genau 25 Jahren zum ersten Mal auf der Insel.«

»In unserer Pension?«, fragte Holly sofort.

»Nein, in einem Kinderheim. Ich habe dort während meiner Semesterferien als ›Mädchen für alles‹ gearbeitet. Es war eine tolle Zeit für mich.«

»Erzählen Sie doch!«, forderte ich sie auf und zeigte Carlos heimlich eine Ecke meiner gelben Karte. »Haben Sie richtige Abenteuer erlebt?«

»Das kommt darauf an, was du unter ›richtige Abenteuer‹ verstehst. Jedenfalls habe ich kein Kind gerettet, sondern einfach mein Leben genossen. Ihr müsst wissen, ich war nämlich das, was man eine ›behütete Tochter‹ nennt, und die Zeit auf Sylt waren meine ersten Ferien ohne Eltern.«

»Gab's ein besonderes Ereignis?«, fragte ich, um sie zum Thema zurückzuführen. Schließlich brauchte ich Material für meine Artikel und hier witterte ich plötzlich eine Story. »Ich meine, nur so zu unserer Info.«

Sie erzählte dies und das und wie damals Ende

Oktober eine richtige Sturmflut über die Insel hereingebrochen sei und sie das bekommen hätte, was man den »Inselkoller« nennt. »Ich wollte nur noch weg«, berichtete sie. »Dahin, wo ich, um von A nach B zu kommen, weder ein Schiff noch ein Flugzeug noch die Bahn brauchte. Ich fühlte mich plötzlich wie eine Gefangene.«

Wir nickten. »Klar, kann ich gut verstehen«, bestätigte Holly. »Manche Gäste bekommen das, wenn's eng wird. Wenn sie meinen, irgendwas würde sie einschränken.«

Frau Rieck stutzte. »So gesehen war das mein zweiter Inselkoller«, meinte sie nachdenklich.

»Und der erste?«, bohrte ich nach. Ich kam mir vor wie Holly, als sie am Morgen Constantin ausgefragt hatte. Aber hier lag eine Story in der Luft, so wahr ich Mimi Muschalek hieß!

Plötzlich sah Frau Rieck aus wie ein junges Mädchen. »Die Geschichte habe ich noch nie erzählt«, meinte sie und wir sahen, wie unschlüssig sie noch war.

»Komm, Mama, sei kein Frosch!«, bat jetzt Constantin. »Was tut's, die Sache ist ja so lange her. Alles vergangen und vergessen.«

»So? Ist es das?« Sie runzelte die Stirn. »Also gut. Hier ist die Story: Während meiner Zeit auf Sylt wurde ich zwanzig«, begann sie. »Ich hatte mir vorgenommen, diesen Geburtstag auf eine ganz besondere Weise zu feiern.«

»Nämlich?«, fragte ich gespannt.

»Nämlich wie im Märchen. Ich hatte drei Wünsche. Drei Wünsche, die miteinander zusammenhingen. Ich wollte an meinem zwanzigsten Geburtstag ins Spielkasino eingeladen werden – wie ich euch sagte, war ich eine sehr behütete Tochter. Ich wollte einen Heiratsantrag bekommen – es wäre nicht mein erster gewesen, aber ich fand, der Geburtstag böte eine passende Gelegenheit für einen weiteren. Und ich wollte dazu zwanzig langstielige rote Rosen geschenkt bekommen – das erschien mir unverfänglicher als ein Brillantring.«

»Huch!« Holly kicherte. »Sie waren aber ganz schön bescheiden. Hatten Sie denn überhaupt einen Freund?«

»Mehrere«, antwortete Frau Rieck cool. »Das war nicht die Schwierigkeit. Das Problem lag darin, dass ich keinen heiraten wollte. Ich wollte schnellstens fertig studieren, mein eigenes Geld verdienen und absolut frei sein.«

»Dann verstehe ich die drei Wünsche aber nicht«, sagte ich. »Sie hätten sich ja auch was ganz anderes wünschen können, oder? Niemand zwang Sie zu genau diesen Wünschen.«

»Nein, niemand. Ich weiß heute noch nicht, welcher kleine, übermütige Teufel sie mir ins Ohr flüsterte. Aber sie waren da und ich war entschlossen, sie in Erfüllung gehen zu lassen. Unter meinen Freunden auf der Insel war ein Mann, der ... der einen interessanten Beruf hatte und auf eigenen Füßen stand. Er war sehr viel älter als ich, müsst ihr wissen. Genau dieser Mann lud mich eines Abends zu einem Drink ein, in Kampen. ›Du hast in drei Tagen Geburtstag‹, sagte er. Ich hatte ihm nichts davon erzählt, deshalb wollte ich wissen, woher er das Datum kenne. ›Berufsgeheimnis‹, antwortete er. ›Ich möchte den Tag mit dir feiern.‹ Das ging aber nicht, denn ich musste arbeiten. Also einigten wir uns darauf, dass er mich am Abend um acht Uhr abholen würde. Er fragte nicht nach meinen Wünschen, er fragte nicht, wie ich eigentlich feiern wolle – er fragte gar nichts. Aber am Abend stand er vor dem Haus. Zuerst haben wir sehr gut und sehr teuer gegessen, dann spielten wir einige Runden im Kasino, und schließlich, im Auto, drückte er mir die zwanzig langstieligsten roten Rosen in den Arm, die ich je gesehen hatte, und fragte, ob ich ihn heiraten wolle.«

»Wem hatten Sie Ihre drei Wünsche verraten?«, forschte ich gespannt.

»Keinem Menschen«, versicherte sie. »Wirklich, keinem einzigen Menschen. Ich fand die drei Wünsche ja selbst so unsinnig wie nur was.«

Wir starrten sie ungläubig an.

»Er hat sie selbst erraten?«, fragte Holly unsicher.

»Das muss er wohl.«

»Was … was sagten Sie ihm?«, wollte ich wissen.

Sie lachte. »Das, was jedes Mädchen in meinem Fall gesagt hätte: Vielen Dank, ich überlege es mir.«

»Das war ein klares Nein«, erwiderte Carlos.

Sie nickte. »Richtig. Ich liebte ihn nicht, ich spielte nur mit ihm.«

»Und er?«, hakte ich nach.

»Ich traf ihn nur noch ein einziges Mal. Am anderen Tag. Dann nie mehr.«

»Wow!« Das war Holly.

Ich schluckte. »Wissen Sie etwas über ihn?«

Sie zögerte. »Vielleicht. Ich bin mir nicht sicher. Ich weiß nur, dass er nie geheiratet hat.«

»Das ist eine Story!« Ich zog die gelbe Karte aus meiner Hosentasche und hielt sie ihr hin.

»Die wahren Abenteuer finden im Kopf statt«, las sie laut. Sie wurde rot. »Stimmt.« Sie strich sich wieder die Haare aus der Stirn und wechselte abrupt das Thema. »Und? Was steht heute noch auf eurem Programm?«

»Die *Malabar*«, antwortete Holly prompt.

»Na dann nichts wie los mit euch!«

Im Taxi – sie hatte uns wieder das Taxi spendiert – flüsterte ich Carlos ins Ohr: »Das war eine richtige Wanda, findest du nicht auch?«

»Ja … war sie. Jetzt ist sie es nicht mehr.«

»Stimmt. Sie hat sich geändert.« Ich schwieg und dachte nach. »Irgendetwas hat sie verändert. Aber was?«

»Keine Ahnung. Hier sind wir schon. Alles aussteigen.«

Das Lokal war wieder gerammelt voll. Wir schoben uns auf der Suche nach einem freien Platz zwischen den Leuten durch.

»Hilfe!« Constantin hielt uns zurück. »Da drüben sitzt Johanna.«

Das Unglück – es stellte sich aber als Glück heraus – wollte es, dass nur noch ein Tisch frei war, und zwar der, den sie im Rücken hatte.

Wir nahmen unauffällig Platz – und trauten unseren Ohren nicht. »… Model«, sagte Johanna soeben. Sie musste sehr laut sprechen, weil der Lärm unglaublich war. »… klar, mein Freund sieht das überhaupt nicht gern. Er ist ja so was von eifersüchtig! Übrigens, morgen gebe ich Mimi, einer Topjournalistin, die sich zufällig auf der Insel aufhält, ein Exklusivinterview. Sie bat mich inständig darum und meinte, wenn ich bei der Show den ersten Platz gewonnen hätte, hätte sie ja wohl keine Chance mehr dazu. Was blieb mir also übrig?«

»Klar«, meinte der Typ neben ihr. »Wenn man

begehrt ist und ein gutes Herz hat, kommt eine Verpflichtung zur anderen. Ich kenne das. Mir …«

Wir schauten uns entgeistert an. »Heute ist die *Malabar* wohl nicht der angesagte Ort für uns«, zischte ich. »Los, raus hier! Wir suchen uns 'ne andere Kneipe!«

Konkurrenz-Angebote

Ich hörte Geschirrklappern und roch den Geruch von frisch aufgebrühtem Kaffee. Hmmm ... Mit einem Satz sprang ich aus dem Bett, stieß wie üblich mit dem Kopf gegen die Schräge und rannte wenig später zu Märthe in die Küche runter.

»Moin! Gut geschlafen?« Sie deutete auf die »Sylter Zeitung«.

»Ist schon ... Wow, was für ein fetter Artikel! Und auch noch mit Bild! Ich fass es nicht!«

»Zur Feier des Tages habe ich Waffeln gebacken«, verkündete Märthe stolz. »Meine Spezialität!«

Ich las. »›Durch das mutige Eingreifen eines jungen Mannes wurde gestern ein Kind vor dem Ertrinken bewahrt. Es herrschte zur Zeit des Unglücks eine steife Brise aus Südwest mit kräftiger Strömung, die Strandwache hatte zwei rote Bälle aufgezogen, was, wie jedermann weiß, absolutes Badeverbot und erhöhte Vorsicht bedeutet. Dennoch –‹« Ich schaute auf.

»Mensch, Märthe, wo ist Carlos? Pennt der noch? Und Albrecht? Wie kann man nur schlafen, wenn man so groß in der Zeitung kommt! Ich muss die beiden unbedingt –«

Es klingelte Sturm. »Presse?«

»Eher die Nachbarn«, vermutete Märthe und ging zur Tür. »Holly! Komm rein!«

»Habt ihr es schon gelesen? – Klar, da liegt ja die Zeitung. Toll, was? Wo ist Carlos?«

»Der schläft noch.«

Holly schüttelte ungläubig den Kopf. »Will er der Vereinigung der Murmeltiere beitreten?«

»Nein, ich halte mich an die Siebenschläfer«, sagte Carlos und sprang die Treppe herunter. »Worum geht es denn?«

»Um dich«, antwortete Holly prompt. »Carlos, du kommst ganz groß in der Zeitung! Wie kannst du da schlafen?«

»Zeig mal ...« Er ließ sich auf den nächstbesten Stuhl fallen und zog die Zeitung zu sich heran.

»Hey, was ist mit meinem Guten-Morgen-Kuss?« Ich war echt empört. »Kaum berühmt und schon schreibst du mich ab. Das hätte ich nicht von dir gedacht, Carlos.«

»Gleich, gleich ... Mein Gott, die haben aber dick aufgetragen!«

»Aber es stimmt doch alles, oder?« Holly ließ sich eine Waffel nach der anderen schmecken. Es klingelte schon wieder.

»Presse?«, fragte Holly kauend.

»Eher die Nachbarn«, antworteten Märthe und ich gleichzeitig.

Wieder waren es nicht die Nachbarn.

»Entschuldigen Sie die frühe Störung, aber könnte ich bitte Mimi und Carlos sprechen?«

»Constantin! Was machst du denn hier? Bist du mit dem Taxi angereist?«, fragte Holly sofort.

»Mit dem Rad«, erklärte er verdutzt. »Du bist ja auch da!«

»Wie du siehst«, entgegnete Holly spitz. »Was dagegen?«

»Was zum Teufel ist denn hier los? Gestern wohnte ich noch in einem ordentlichen Haus, heute hat es sich in einen Taubenschlag verwandelt.« Albrecht schlurfte in die Küche. »Mein Gott, Märthe, hast du neue Gäste aufgenommen? Das Haus ist viel zu klein dazu.«

»Albrecht! Du sprichst schon vor der dritten Tasse Kaffee! Wie kommt das?«

»Möchte ich auch gern wissen ... Warum liegt die Zeitung mitten auf dem Tisch? Ah, mir dämmert's. Es geht um den Artikel über den mutigen Lebensretter.« Mit geübtem Griff bemächtigte er sich der Zeitung und setzte die Lesebrille auf. »Falsch platziertes Komma in der dritten Zeile ... Unnötiges Ausrufezeichen in der sechsten ... Absatz nach der zehnten fehlt ... na ja, davon abgesehen ist der Artikel gar nicht so übel. Märthe, wo bleibt mein Kaffee?«

»Der steht neben dir«, sagte ich und schob die Tasse näher.

»Danke. Ach, du bist ja auch da, Holly. Nett, dich zu sehen. Wie geht es deinem Großvater?«

»Der ist noch immer auf Amrum. Die Beerdigung scheint sich in die Länge zu ziehen.«

Albrecht grinste. »Feste muss man feiern, wie sie fallen. So, und wer bist du?«, fragte er Constantin.

»Ein Freund von uns«, antwortete ich rasch. »Wir haben uns zufällig kennengelernt. Er liest viel, Albrecht.«

»So. Er liest viel. Hat der Lesende auch einen Namen?«

»Guten Tag, Herr Lornsen. Ich heiße Constantin

und wohne zurzeit mit meiner Mutter in Keitum.« Constantin hatte einfach fabelhafte Manieren. Meine Tanten hätten ihre helle Freude an dem Jungen gehabt!

»Hm. In Keitum. Und wo?«

»Im Hotel *Hinter den Dünen*«, antwortete Holly. »Gestern hat uns seine Mutter eingeladen.«

»Warum? Wollte wohl wissen, mit welchen Leuten ihr Sohn verkehrt?«

Wir lachten. »So was Ähnliches hat sie gesagt!«, meinte Constantin verlegen und strich sich die Haare aus der Stirn.

Albrecht stutzte. Er musterte Constantin aufmerksam. »Mach das noch mal«, sagte er schroff.

»Wie bitte? Was soll ich machen?«

»Streich dir die Haare nochmals aus dem Gesicht, ja?«

Constantin wurde rot.

»Albrecht!«, rief Märthe. »Wie behandelst du denn deinen Gast?!«

»Bin wohl noch nicht ganz wach«, meinte er ruppig. »Gibt's noch Kaffee?«

Wir schwiegen unbehaglich. Sogar Holly, selbstbewusst wie sie war, hatte es die Sprache verschlagen. Albrecht schlürfte geräuschvoll seinen Kaffee, Märthe war mit dem Waffeleisen beschäftigt und ich war sauer, weil Carlos mir noch immer nicht den Guten-Morgen-Kuss gegeben hatte.

Albrecht setzte die Tasse ab. »So. Jetzt bin ich da«, erklärte er. »Mimi und Carlos, heute zeige ich euch das Rote Kliff, die Uwe-Düne und die Wanderdünen vor List.«

»Was?« Holly sprang auf. »Das ist mein Job, Albrecht!«, rief sie. »Genau deshalb bin ich hier!«

Ich hasse es, wenn man über meinen Kopf hinweg den Tag plant. Noch mehr hasse ich es, wenn Carlos, ohne mit mir gesprochen zu haben, Vorschläge annimmt, die mich kein bisschen oder kaum interessieren. »Warum gehen wir nicht alle zusammen?«, schlug er vor.

»Mich interessieren Menschen!«, fauchte ich.

»Die Uwe-Düne musst du aber gesehen haben«, meinte Albrecht energisch. »Danach kannst du dich dann um die Menschen kümmern.«

»Sieh mal, Albrecht«, Holly tippte auf das Bild in der »Sylter Zeitung«, »das sind ganz spezielle Gäste, deshalb kümmere ich mich auch ganz speziell um sie. Einverstanden?«

»Mädchen, du legst dich ja mächtig ins Zeug!« Plötzlich lachte Albrecht. »O.k., ich habe die Botschaft verstanden. Also, was wollt ihr heute tun?«

»Ich dachte ...«, begann Holly, aber ich unterbrach sie. »Ich gehe mit euch, wenn es unbedingt sein muss, zur Uwe-Düne und dann radle ich zu Maike ins Hotel *Hinter den Dünen*. Schließlich bin ich ja nicht nur zum Vergnügen auf der Insel, ich muss mich um Material für meine Storys kümmern.«

Es gab noch einiges Hin und Her, weil Constantin sofort erklärte, dass er mich nach Keitum begleiten wolle. Das ließ Carlos aufhorchen. Er verkündete, dass er eine Stunde später nachkommen und mich in Keitum treffen wolle.

»Das geht nicht«, protestierte Holly. »Wir brauchen für die Dünen und so den vollen Tag!«

Carlos schwankte. Ich sah genau, wie ihn einerseits die geologisch-geomorphologischen Verwerfungen lockten, er aber andererseits Constantin nicht so recht traute und mich am liebsten nicht aus den Augen lassen wollte.

»Wir müssen doch nicht immer zusammenkleben wie zwei ausgelutschte Kaugummis, Carlos«, erklärte ich schließlich. »Heute Abend treffen wir uns wieder, ja?«

»Und du hast nichts dagegen, dass ich dir den Job abnehme, Albrecht?«, versicherte sich Holly.

»Kommt ganz drauf an. Wenn du ihn gut machst, nicht. Aber wenn du Unsinn im Kopf hast, dann ...«

Holly wurde rot. Also *hatte* sie Unsinn im Kopf! Ich konnte mir denken, warum sie sich dermaßen um die Führung und um einen Tag mit Carlos riss. Na ja, das war ihr Problem. Nach der Wanda-Angelegenheit würde Carlos schon wissen, wie er mit Holly umgehen musste.

Ich holte rasch mein Notizbuch und den Anorak, dann begannen wir die Tour.

Wir radelten von unserem Sjipwai, was, wie wir von Märthe erfahren hatten, »Schafweg« bedeutete, zur Dorfmitte und bogen in ein Sträßchen ein, das tatsächlich »Zur Uwe-Düne« hieß. Nach wenigen Minuten kämpften wir uns durch Sand, dann standen wir schon am Fuß der allerhöchsten Erhebung auf der Insel: Ganze 52 Meter ragt der Berg in den Himmel. Wie ein richtiger Gipfel in den Bergen hat er auch einen Namen. Nicht Zugspitze oder Feldberg, klar, diese Namen sind schon vergeben. Er heißt Uwe. Schlicht und einfach: Uwe.

Eine breite hölzerne Treppe führt zum Gipfel, und damit man sich kräftemäßig auch wirklich nicht übernimmt, befindet sich nach jeweils 18 Stufen eine kleine Plattform samt Bänkchen zum Ausruhen. Die letzten elf Stufen brachten uns zur großen und obersten Plattform, und wenn ich dachte, die 52 Höhenmeter seien aussichtsmäßig geschenkt, so hatte ich mich gewaltig geirrt. Von hier oben sah man wirklich einiges: auf der einen Seite das Wasser, auf der anderen Seite und geradeaus die vielen Dünen und auf der noch verbliebenen Seite die strohgedeckten Dächer von Kampen.

Es gab acht Infotafeln, aber an die kamen wir wegen des Besucherandrangs nicht heran, deshalb legte sich Holly so richtig ins Zeug: »Also: Die Düne heißt Uwe, nach einem unserer Freiheitskämpfer, der vor 150 Jahren unsere Leute im Kampf gegen Dänemark anfeuerte. Aber Geschichte interessiert euch ja nicht, oder? Gut. Die Insel ist genau 35 Kilometer lang, und worauf wir jetzt stehen, ist der zentrale Inselkern, der aus Moränenmaterial der vorletzten Eiszeit besteht ...« Holly wusste Bescheid, das war ganz klar. Aber der kleine Junge, der seiner Mutter gerade die Faust vor die Nase hielt und ernsthaft fragte: »Ich hab 'ne Mücke gefangen, Mami. Soll ich sie zusammendrücken oder fliegen lassen?«, interessierte mich mehr.

Seine Mutter war nicht ohne. Die antwortete cool: »Weißt du, ob es hier am Ort einen Tierarzt gibt? Nein? Dann lass sie lieber unverletzt fliegen.«

Constantin platzte heraus. »Klasse Typ, was?«

Ich deutete mit dem Kinn auf Carlos und Holly. »Komm, wir überlassen die beiden jetzt ihren Verwerfungen.«

Wir warteten, bis Holly endlich eine Pause einlegte. »... jedermann weiß doch, dass man vor 10.000 Jahren von hier aus zu Fuß nach England gehen konnte. Damals war die Themse ja auch noch ein Nebenfluss des Rheins.«

»Stark! Nimmst du uns auf den Arm oder stimmt das?«, fragte ich ungläubig.

»Das stimmt. Knöcherne Harpunenspitzen, die das Wasser vom Grund hochspülte, beweisen das«, verteidigte Holly ihr Wissen.

Ich schrieb das vorsichtshalber mal in mein Notizbuch, um es später nachprüfen zu können, dann sagte ich: »Also, wir beide machen jetzt die Fliege, ja? Bis heute Abend! Tschüss!«

Constantin und ich sprangen die Stufen runter und radelten los: mit Gegenwind und begleitet von gelegentlichen Regenschauern. Typisches Inselwetter eben. Mir passte das. Ich war ein bisschen sauer auf Carlos: kein Kuss, kein Abschied, kein nettes Wort!

Sein ganzes Interesse galt den Dünen, Kliffs und Hollys Infos. Und die, zielstrebig und energisch wie sie war, hatte es ganz klar auf Carlos abgesehen. Hoffentlich begann Carlos nicht zu schwächeln. *Eine* Wanda konnte ich ertragen. Eine zweite, auch wenn sie Holly hieß, wäre genau eine zu viel.

Ein Strandkorb in der Abendsonne

Wir fanden Maike im Gartenhof, wo sie die Stühle und Tische nach dem letzten Regenschauer trockenrieb.

»Ach, du bist das Mädchen, das tolle Hotelgeschichten hören will? Tut mir leid, damit kann ich nicht dienen. Ich kann dir nur von grapschenden Männern berichten und von solchen, die mit ihrer Freundin anreisen und dann das Zimmer wechseln, wenn die Ehefrau nachkommt. Öde Storys, kann ich dir sagen.«

Enttäuscht steckte ich mein Notizbuch ein.

»Hi!«

»Johanna! Was machst du denn hier?«

»Constantin!« Sie legte ihm die Arme um den Hals. »Ich habe dich schon überall gesucht«, flötete sie und küsste ihn auf die Wange.

Das war ihm ja so was von peinlich!

»Warum denn?«

Johanna, die in ihren weißen Jeans neiderregend gut aussah, reichte ihm einen Umschlag. »Ich will dir die Einladung persönlich überbringen. Du kommst doch, nicht wahr?«

Sie drehte sich zu mir um. »Und du auch, Mimi. Enttäuscht mich bitte nicht.«

»Worum geht's denn?«, erkundigte ich mich.

»Das darf ja wohl nicht wahr sein! Ihr habt doch hoffentlich das große Ereignis nicht vergessen: die Modelschau am Wochenende. Flughafen Westerland, Partyhalle. Eine bessere Location gibt's nicht auf der Insel. Alle wichtigen Leute werden da sein. Und bitte, Mimi, du schreibst doch einen Artikel über mich? Ich rechne fest damit!«

»O Gott ...«

»Ich bin gerade auf dem Sprung«, redete Johanna weiter. »Tschüss! Bis spätestens Samstag, ja? Ich habe jemanden gefunden, der mich hier rausgefahren hat, den darf ich nicht zu lange warten lassen.«

Wir starrten ihr sprachlos hinterher.

»Wer war denn das?«, fragte Maike.

»Johanna heißt sie ... Behauptet, sie sei ein Model«, antwortete ich mühsam.

»Die schlägt ganz schöne Wellen, was?«, kommentierte Constantin.

»Wo wohnt sie denn? Ich frage das nur, weil man aus der Adresse ziemlich viel erfahren kann«, erklärte Maike.

Constantin und ich sahen uns an. Wir wussten es beide nicht.

»Dann kann's nicht so weit her sein mit ihr«, sagte Maike. »Wahrscheinlich wohnt sie in einer drittklassigen Pension. – Willst du noch ein besonders schönes Zimmer sehen, Mimi?«

Es war kein Zimmer, es war das, was man eine »Suite« nennt, also eine richtige Wohnung. Sie war alles in allem nicht gerade klein und viel schicker als das, was ich von zu Hause gewöhnt war. Ich schluckte. »Bisschen mehr Komfort als im Zelt, was?«

Constantin, der schüchterne Constantin, legte den Arm um mich und sagte: »Mensch, Mimi! Du bist klasse. Ich mag dich!«

Das fehlt mir jetzt gerade noch, dachte ich. Wo ich doch heute schon Ärger genug mit Carlos habe!

Ich bedankte mich bei Maike und tat das, was man in peinlichen Fällen immer tut: Ich schaute betont auf die Uhr, rief: »Himmel, wie spät es ist!«, und verabschiedete mich ruck, zuck.

Carlos saß vor Albrechts Häuschen auf der Bank. »Wartest du etwa auf mich?«, fragte ich.

»Nee, auf die erste Fledermaus«, entgegnete er muffig. »Du warst ja ewig weg, Mimi.«

»So?«

»Ja.«

Wir schwiegen uns an, bis Carlos das Gespräch wieder aufnahm.

»Albrecht sagte, in der *Windhaube* wär's am Abend immer ganz interessant. Live-Musik und viele Leute. Wir könnten die Insel nicht verlassen, ohne dort gewesen zu sein.«

»Ach!«

»Ja. Sollen wir … ich meine, hast du noch Lust auf die *Windhaube*?«

»Weiß nicht. Wie kommt man da hin?«

»Mit dem Rad.«

»Was? Haben wir vielleicht einen Radurlaub gebucht? Ich wette, wir haben auf der ganzen Strecke Gegenwind.«

Zum Glück hatte ich das Notizbuch noch in der Tasche und den Anorak schon an. Also strampelten wir los, Richtung Norden, quer durch die Dünen. Weit war es nicht, auch der Gegenwind hielt sich in

Grenzen, und dass wir sogar einen unbesetzten Strandkorb auf der Terrasse ergatterten, war auch nicht schlecht. Ich zog mein Notizbuch aus der Tasche, legte es auf den Tisch und kniff die Augen zusammen, weil mich die Sonne blendete. Sie stand schon ziemlich tief und ganz schwach hörten wir, wie die Wellen auf den Strand liefen.

»Was habt ihr heute so gemacht?«, fragte Carlos gleich.

»Wir?« Ich runzelte die Stirn. »Wir?«

»Du und Constantin.«

»Tja … was haben wir gemacht … Also zuerst waren wir mit euch auf dieser Dieter-Düne –«

»Uwe-Düne.«

Ich grinste. »Auf der Düne. Dann radelten wir nach Keitum, haben Maike getroffen, dann kam Johanna und brachte uns eine Einladung zur großen Modelschau am Samstag. Das war's. Und was hat Holly dir alles gezeigt?«

»Das Rote Kliff und die Wanderdünen im Norden der Insel.«

»Was sind Wanderdünen?«

»Sand, den der Wind von West nach Ost bewegt«, erklärte Carlos knapp.

»Fleißiger Typ, dieser Wind.« Ich schaute Carlos verstohlen an.

»Mimi, warum bist du nicht bei mir geblieben?«

»Warum bist du nicht mit mir gekommen?«

Wir funkelten uns an.

Carlos schluckte schwer. »Sieh mal, Mimi, in den Abruzzen hast du diesen Jonny kennengelernt, hier versuchte der Typ vor der Kneipe dich anzumachen, und wenn du meinst, ich wüsste nicht, dass Constantin den ganzen Tag am liebsten nur mit dir zusammen wäre, dann musst du mich für ganz schön blöd halten.«

»Ach!« Ich war ziemlich wütend. »Ich muss dich leider an Wanda erinnern. Und was ist mit Holly? Na?«

Anstatt zu kontern, sagte Carlos nur: »Ich weiß. Sie sagt, sie hätte sich in mich verliebt.«

Das nahm mir den ganzen Wind aus den Segeln. »Und du? Hast du dich auch in sie verliebt?«, forschte ich entsetzt.

»Quatsch. Aber wie steht's mit dir und Constantin? Hast du dich in ihn verliebt?«

»Carlos! Wie blöd kannst du nur sein?!«

»Ehrlich? Ich hatte solche Angst ...«

Wir küssten uns. Als der Kuss zu Ende war, war nicht nur der ganze Ärger, sondern auch die Sonne verschwunden.

Inselstorys

Am nächsten Vormittag saßen wir noch mit Albrecht und Märthe in der Küche, als Holly schon wieder auf der Matte stand.

»Hi! Mein Großvater ist gestern zurückgekommen. Er erwartet dich, Mimi.«

Ich schaute sie überrascht an. »Morgens ist er immer besonders gut drauf«, erklärte Holly atemlos. »Die beste Zeit, dir von ihm seine Storys erzählen zu lassen.«

»Na gut. Carlos, kommst du mit?«

»Das geht nicht. Ich will ihm das Morsumer Kliff zeigen. Wir haben das gestern so ausgemacht, stimmt's, Carlos?«

»Schon. A-aber ...«, stotterte er.

»Mimi! Er muss das Kliff einfach gesehen haben! Es ist eines der wichtigsten geologischen Denkmäler ganz Deutschlands! Der Glimmerton enthält Fossilien, die fünf bis sieben Millionen Jahre alt sind!«

»Es ist so, wie Holly sagt«, schaltete sich Albrecht ein. »Der weiße Sand gelangte durch skandinavische Flüsse in die Sylter Gegend. Er enthält versteinerte Seelilien, Korallen und Schwämme, und die Versteinerungen sehen zum Teil dermaßen merkwürdig aus, dass die Sylter sagen, es seien Überbleibsel der ›Unterirdischen‹. Keine Frage, als angehender Geologe muss sich Carlos das Kliff unbedingt ansehen, Mimi.«

»Eben! Das sage ich doch«, warf Holly rasch ein.

»Warum geht ihr nicht zu dritt?«, wollte Märthe wissen.

Genau das hatte ich auch gerade vorschlagen wollen, aber Holly kam mir zuvor. »Och, Märthe, Mimi interessiert das nicht. Carlos hat das auch gesagt, stimmt's? Außerdem wartet mein Großvater auf sie.«

Ich schwankte. Das hatte Holly ja fein eingefädelt. Sie schickte mich zu ihrem Großvater, nach dem Motto: So hast du es gewollt, nun arbeite mal schön. Und meinen Carlos köderte sie mit geologischen Sensationen. Holly war raffiniert und gerissen, aber die Frage war ja, wie sich Carlos entscheiden würde.

»Wie lange brauchen wir, Holly?«, erkundigte er sich.

»Drei Stunden«, antwortete Albrecht.

»Eher vier. Oder sogar fünf. Je nachdem ...«, korrigierte ihn Holly.

Je nachdem? Was meinte sie damit? Jedenfalls, anstatt zu sagen: Hör zu, Holly, Mimi und ich bleiben zusammen. Zuerst besuchen wir deinen Großvater, dann radeln wir zum Kliff, basta!, rutschte Carlos unbehaglich auf dem Stuhl hin und her.

Ich spitzte die Ohren.

»Sieh mal, Mimi ...«, begann er.

Das reichte mir. »Schon gut. Ich wünsche dir viel Spaß am Kliff. Und mit Wanda zwo«, setzte ich boshaft hinzu. »Ich geh dann schon mal, ja? Tschüss!«

Ich rannte aus der Küche und schnappte mir die Tüte mit meinem Bikini und dem Badetuch. Verdammte Holly! Und Carlos! Und verfluchte Großvater-Storys! Glaubte Holly wirklich, mich so einfach kaltstellen zu können? Voller Wut trat ich in die Pedale meines Oldtimer-Rads.

Ich fegte um die Kurve und wäre um Haaresbreite mit einem anderen Radler kollidiert. »Constantin! Mensch, pass doch auf!«

»Du hast die Kurve geschnitten«, stellte er fest. »Ich wollte gerade zu dir.«

»So?«

»Ja.«

Ich kniff die Augen zusammen. »Was hast du vor? Ich will zum Strand. Kannst ja mitkommen, wenn du willst.«

»Nichts lieber als das!« Er grinste fröhlich. »Das ist genau das, was ich mir gewünscht habe.«

»Was? Ein Vormittag am Strand?«

»Nein, dass du sagst: Kannst ja mitkommen.«

»Los! Worauf wartest du noch?«

Als wir die Räder abstellten, war meine heiße Wut kalt geworden. Eines wusste ich nun ganz sicher: Ich hatte keine Lust, mich ständig gegen andere Mädchen, die sich in Carlos verguckten, behaupten zu müssen. Klar, es würde immer Wandas und Hollys geben, genauso wie es immer Jonnys und Constantins geben würde. Nur würde ich mich auf diese Spielchen nicht einlassen. Ich hatte eine Entscheidung gefällt. Die Sache mit Carlos war zu Ende. Ich würde mir hier noch ein paar schöne Tage machen, Material sammeln und mein Ziel, die allerberühmteste Reisejournalistin aller Zeiten zu werden, keine Sekunde mehr aus den Augen verlieren. *Eine*

Wanda-Erfahrung reichte mir. Eine zweite war vollkommen unnötig.

Als wir durch die Dünen stapften, griff Constantin vorsichtig nach meiner Hand. »Die ganze Nacht habe ich an dich gedacht«, sagte er leise.

»Was? Hast du nicht geschlafen? Du musst ja total übermüdet sein, Constantin.«

Er schüttelte den Kopf. »Im Gegenteil. Sag mal, was macht Carlos eigentlich?«

»Der erforscht das Morsumer Kliff. Mit Holly«, antwortete ich.

Constantin erwiderte nichts darauf.

Am Strand waren schon jede Menge Leute. Es war windstill und sonnig und warm. Das Wetter änderte sich hier rascher als bei uns im Süden.

»Hast du Lust zu baden?«, fragte Constantin.

Die Frage war völlig berechtigt. »Schöner kann es wohl nicht mehr werden«, stellte ich fest. »Ich ziehe mich rasch um, ja? Bin gleich wieder da. Das heißt, Constantin ... « Ich zögerte. »Hast du überhaupt eine Badehose dabei?«

»Ich habe sie an ... unter den Jeans«, antwortete er verlegen. Ich grinste erleichtert. Der Junge war genauso wenig aufs Nacktbaden versessen wie ich.

Wir planschten und spritzten und schwammen und ließen uns von den Wellen hinaustreiben und wieder auf den Strand werfen. Es war einfach herrlich, und als wir endlich im Sand saßen, hatte ich meine Wut auf Carlos und Holly ... nein, ich hatte sie nicht vergessen.

Aber es gelang mir, nicht ständig daran zu denken. Constantin und ich brieten in der Sonne und erzählten uns alles, was uns wichtig erschien. Ich erfuhr, dass er in Wiesbaden wohnte und keine Geschwister hatte. Sein Vater wollte, dass er Jura studierte, aber darauf hatte er keinen Bock. »Ich weiß genau, dass ich das auf keinen Fall will. Aber was ich will, das weiß ich noch nicht so genau. Vielleicht ... am liebsten ... « Er lachte verlegen und erklärte: »Jetzt weiß ich jedenfalls, dass ich Hunger und Durst habe.«

»Ich auch«, stellte ich fest. »Außerdem bekomme ich einen Sonnenbrand, wenn ich noch lange hier liege.«

»Lass sehen ... Tatsächlich, deine Arme sind schon rot. Der Hals auch. Aber die Nase hat am meisten abbekommen.«

Er beugte sich über mich und küsste mich. Sehr zart war sein Kuss. Schön.

Er streichelte auch meine sonnenbrandgefährdeten Arme und ich muss sagen, ich hatte überhaupt nichts dagegen. Im Gegenteil.

Constantin hatte Geld bei sich. Wir aßen chilischarfe Spaghetti und dann – die Schärfe muss meine Gedanken in Schwung gebracht haben – lud ich Constantin ein, mit mir zu Hollys Großvater zu gehen. Die Infos waren mir wichtig, und je eher ich mein Leben ohne Carlos beginnen würde, desto besser. Außerdem waren die drei bis fünf Stunden, die Holly für das verdammte Morsumer Kliff vorgesehen hatte, noch nicht vorüber, und wenn Carlos mich entgegen aller Zeitrechnung doch mit Constantin sehen sollte, war es genau das, was ich beabsichtigte.

Hollys Großvater saß in einem geschützten Winkel in der Sonne und machte ein Nickerchen. Aber Elli, Hollys Mutter, weckte ihn ohne jede Gewissensbisse.

»Du hast Besuch, Mimi und … Sind Sie Carlos? Neulich sahen Sie etwas anders aus.«

»Das ist Constantin«, stellte ich ihn vor. Eigentlich hatte ich sagen wollen »mein Freund«. Aber ich verkniff es mir und erinnerte mich energisch daran, dass ich mein Leben komplett und radikal ändern würde. Damals in Chile trug ich eine rote Karte mit mir herum. »Mein Herz ist futsch! Ich werde mich nie wieder verlieben!«, stand darauf. Ein Mal war ich meinem Vorsatz untreu geworden, aber wird man nicht aus Schaden klug? Eben.

»Ich will die berühmteste Reisejournalistin aller Zeiten werden«, erklärte ich cool. »Ich arbeite zu Hause für die Jugendseite unserer Zeitung und habe den Auftrag, einige Artikel über das Leben auf der Insel zu schreiben. Albrecht sagte, Sie könnten mich mit Storys versorgen.« Nicht schlecht, lobte ich mich im Stillen, Mimi, das hast du gut gemacht!

»So, sagt das Albrecht?« Tom Thoms war noch älter, noch faltiger und noch kleiner als Albrecht. Er nahm seine kalte Pfeife aus dem Mund, schaute sie angewidert an und legte sie neben sich auf die Bank. »Warum ist Holly nicht mitgekommen?«

»Sie sagt, sie kennt die Geschichten«, antwortete ich und hoffte die Wahrheit zu treffen. »Außerdem zeigt sie Carlos das Morsumer Kliff.«

»Nee!«, rief ihr Großvater. »Dieses kleine … Deshalb fehlt also mein Inselführer! Sieh mal an, so ist das!« Er schaute mich scharf an, aber ich wich seinem Blick nicht aus.

»Klar. Sie sagt, sie kennt sich aus. Geologisch gesehen, meine ich. Carlos studiert Geologie, deshalb interessiert er sich mehr für Verwerfungen als für Geschichten.«

Tom Thoms steckte die kalte Pfeife wieder in den Mund. »Das heißt ...« Er hatte wirklich einen durchdringenden Blick, aber ich hätte mich eher in Luft aufgelöst, als merken zu lassen, dass ich Holly die Pest an den Hals wünschte. »Das heißt, die Geschichten sind keine faule Ausrede?«

»Nein! Ich brauche sie!«, rief ich.

Er schlurfte ins Haus und kam mit einem dicken schwarzen Buch zurück. »Hier habe ich alle Geschichten aufgeschrieben, die ich in meinem Leben gesammelt habe.«

O Gott! Mir sank das Herz in die Hosentasche. Das konnte ja heiter werden.

Constantin kam mir zu Hilfe. »Wir wollen Ihnen nicht zu lange die Zeit stehlen. Uns interessieren vor allem Seefahrergeschichten.«

»Uns?«, wiederholte Tom Thoms.

»Ja, ich werde vielleicht mal«, Constantin wurde ein bisschen rot, »Schriftsteller. Aber das habe ich bisher noch keinem Menschen verraten.«

»Was?« Das haute mich doch fast vom Stuhl. »Constantin! Deshalb liest du so viel?«

Er nickte.

»Du wusstest das nicht?«, fragte Tom Thoms.

Ich schüttelte den Kopf und legte mein Notizbuch schreibbereit auf den Tisch. »Constantin und ich kennen uns erst seit ein paar Tagen.«

»Na dann ... lasst mich mal kurz nachdenken ... Also Seefahrergeschichten wollt ihr hören. Tja, davon gibt es eine ganze Menge. Da ist eine von dem Seemann, der sein ganzes Leben auf den Weltmeeren herumgeschippert ist, mehr als fünfzig Jahre lang. Und als er schließlich dafür zu alt war und in Rente gehen wollte, fuhr er mit der Eisenbahn nach

Flensburg, um den Papierkram zu regeln. Aber kaum dass er Land unter den Füßen hatte, fuhr ihn die Trambahn mausetot. Armer Bursche, der. Hatte keine Angst vorm Teufel und nicht vorm Wasser. Die Bahn war sein Schicksal.«

Tom Thoms zog an der kalten Pfeife und ich beeilte mich, die wichtigsten Stichworte zu notieren.

»Da fällt mir noch eine berühmte Geschichte ein. Zwei Sylter treffen sich in Afrika –«

»Wie?«, fragte ich verblüfft und ließ den Stift sinken.

Tom Thoms grinste. »Augenblick mal. Dazu muss ich euch erst die Vorgeschichte erzählen. Die Sylter waren arm. Schon mit zehn, zwölf Jahren heuerten die Jungs auf Handelsschiffen an, die an den Küsten Afrikas und Ostasiens Gewürze, Palmöl, Porzellan, Seide und andere wertvolle Waren aufnahmen. Die vollbeladenen Schiffe waren natürlich eine begehrte Beute der Seeräuber. Sie enterten die Schiffe, die Besatzung wurde gefangen genommen und entweder von den Reedereien freigekauft oder, wenn die Pleite gemacht oder kein Interesse an ihren Leuten hatten, auf den Sklavenmärkten angeboten. Ein Schiff, auf dem sich ein Sylter Junge befand, Tam Tamen, wurde 1746 von afrikanischen Seeräubern gekapert. Tamen geriet in Sklaverei, aber weil er ein heller Junge war, brachte er es bis zum Anführer wilder Saharakrieger und entdeckte eines Tages einen gefangenen Schiffsjungen auf dem Sklavenmarkt in Algier. ›Bist du nicht ein Sylter Junge?‹, soll er ihn auf Friesisch gefragt und ihn freigekauft haben.«

»Stell dir das vor, Constantin! Wenn du das gewesen wärst!«

»Wer denn? Der kleine Sklave oder der Wüstenfürst?«

»Such's dir aus. Gibt es eigentlich keine Geschichten über Frauen oder Mädchen?«

Endlich stopfte Tom Thoms seine Pfeife. »Da ist die Strandräubergeschichte von Ellen Mannis.« Er zog und zog, aber die Pfeife wollte nicht so wie er. »Ihr müsst wissen«, erklärte er, als sie endlich brannte, »seit 1705 stand auf Strandraub die Todesstrafe. Aber, wie ich schon sagte, die Sylter waren arm. Sie konnten alles gebrauchen, was das Meer an den Strand spülte. Für sie war das Strandgut Segen und Ausgleich für das, was ihnen das Meer nahm. ›Herr, segne unseren Strand‹, sollen die Sylter gebetet haben und manchmal gab ihnen das Meer reichlich: Allein in einer Nacht im Oktober 1881 liefen vier Schiffe auf Grund.«

Tom Thoms hielt wieder das Feuerzeug an die Pfeife. »Handelsschiffe, müsst ihr wissen, waren kleine Segelschiffe, die ganz und gar vom Wetter abhängig waren, denn man konnte damals nur den Breitengrad berechnen. Aus dem Holz der zerschellten Schiffe wurden Häuser und Ställe gebaut, aus den Planken Fußböden, aus den Balken Pfosten.

Strandvögte wachten über die gerechte Verteilung der Beute. Das war ein schwerer Job, man saß zwischen allen Stühlen und konnte es niemandem recht machen. Gefährlich war der Beruf auch: Einmal waren die Rantumer so erbost auf ihren Strandvogt, dass sie ihn auf seiner eigenen Hochzeit erstachen.

Aber du wolltest eine Geschichte über eine Frau hören, Mimi. Ellen Mannis war eine junge Witwe, die ein angetriebenes Butterfass erspähte. Dummerweise sah der Strandvogt, wie sie ihre Beute über den Strand und in Sicherheit rollen wollte. Er rief ihr zu, was sie denn da habe, worauf ihr in ihrer Not nur eines einfiel, um den Mann auf Abstand zu halten: Kleider runter! Nackt, wie sie war, hielt sie sich den Strandvogt vom Leib. Damals«, er zog an seiner Pfeife, »war das offensichtlich abschreckend. Tja, die Sitten ändern sich mit den Zeiten!«

»Und? Wie ist die Geschichte ausgegangen? Konnte Ellen das Butterfass behalten? Ist der Vogt abgezogen?«

»Das berichtet die Geschichte nicht mehr.«

Tom Thoms verstummte. Er hing seinen Gedanken nach und klopfte schließlich die Pfeife aus. Verstohlen sah ich auf die Uhr und stellte fest, dass Holly und Carlos seit sieben Stunden unterwegs waren. Dann war ja wohl alles klar …

»Was Menschen einander antun«, sagte nun Tom Thoms, als hätte er meine Gedanken erraten. »1713 rettete ein gestrandeter Archsumer Fischer sich und seinen Geldkasten mit Müh und Not ans Ufer. Strandräuber entdeckten ihn, schlugen ihn nieder und verscharrten ihn im Sand. Er war aber nur halb tot und reckte seinen Arm anklagend aus dem Sand. Die Räuber schlugen ihm diesen auch noch ab und flohen mit der Beute. Seitdem irrt der Fischer als Gespenst mit blutigem Armstumpf über die Insel.«

Ächzend stand Tom Thoms auf. »So, das war's für heute. Das viele Reden macht mich müde. Kommt mal wieder vorbei.«

»Vielen Dank!«

»Ach, ihr Landeier wisst das ja vielleicht nicht«, sagte er abschließend. »Die Sache mit dem Strandgut war so geregelt, dass der Obrigkeit zwei, später ein Drittel vom Wert der geborgenen Waren zustand.«

»Und wer war die Obrigkeit?«, fragte Constantin.

Tom Thoms antwortete nicht. Er schlurfte zurück ins Haus.

Gefährliche Piraten!

»Und jetzt?«, fragte Constantin. »Willst du nach Hause?«

Das war ja wohl das Allerletzte, was ich nun wollte. »Was soll ich denn da?«

Wir schoben die Räder auf die Straße. »Warst du schon in List? Am nördlichsten Punkt der Insel?«

Ich schüttelte den Kopf. »Worauf wartest du? Der Tag ist noch lang!«

Wir hatten, das muss man sich mal vorstellen, Rückenwind!

Am Hafen von List gab es eine Bude, die Krabben verkaufte. Constantin besorgte eine Tüte voll und zeigte mir, wie man das Fleisch aus dem Gehäuse holt. »Pulen« nennt man das. Es ist ein netter, aber ziemlich komischer Zeitvertreib: Je mehr man nämlich isst, desto mehr Hunger bekommt man. Aber das stellte ich erst später fest. Wir setzten uns auf ein Bänkchen mit Blick aufs Wasser, pulten und beobachteten, wie ein Kutter in den Hafen tuckerte. An Bord waren schicke kleine Piraten in rot-weißen Ringelhemdchen und roten Kopftüchern, komplett mit Totenkopf und gekreuzten Knochen. Alle schwenkten Blechsäbel und brüllten »Ahoi« und »Mami« und »Papi«.

»Ich denke, Fasching ist im Februar«, sagte ich verblüfft.

Als der Kutter anlegte, nahmen jede Menge Eltern ihre Kleinen in Empfang. »Toll war das«, schwärmte ein Expirat. »Wir haben um 'ne Schatzkarte gekämpft! Und eine Truhe mussten wir an Bord holen, darin war lauter Süßzeug!«

»Ja, aber das Tollste ist das Piratenpatent!« Der Bruder schwenkte ein eindrucksvoll aussehendes Pergament.

»Das habt ihr einfach so bekommen?«, fragte die Mami.

»Quatsch, du musstest echt viel dafür tun: Krabben pulen und fesseln und fluchen. Fluchen war das Geilste.«

»Ich wette, da habt ihr den ersten Preis geholt«, vermutete der stolze Vater.

»Denkste! Den hat Laura abgeräumt. Die konnte am besten fesseln und wusste die meisten Flüche. Immer die Mädchen ...«

»So ist das Leben«, sagte Constantin neben mir. »Der Kleine weiß Bescheid. Kennst du den Witz, Mimi? Sitzt ein Mann auf der Bank, kommt eine Fee und sagt: ›Du darfst dir was wünschen.‹ – ›Ich möchte noch schlauer werden‹, sagt der Mann. ›Kein Problem‹, antwortet die Fee – und schwups! sitzt eine Frau auf der Bank.«

»Ha!« Ich blitzte Constantin an. »Wie kommt es, dass du noch immer ein Junge bist? Hast wohl versäumt, Hallo zu rufen, als die Fee dir begegnete?«

»Versäumt? Als sie durch die Luft schwebte, habe ich extra nichts gesagt. Ich wusste nämlich, dass ich irgendwann mal genau so ein Supermädchen, wie du es bist, treffen würde«, entgegnete Constantin, rutschte dicht an mich heran und legte den Arm um meine Schultern.

»Constantin, du bist ja echt schlagfertig!«

»Nicht nur das. Im richtigen Augenblick kann ich auch den Mund halten.« Er beugte sich zu mir rüber, aber ich drehte mein Gesicht zur Seite. Nicht weil ich rumzicken wollte, sondern weil ich erstens den Mund voller Krabbenfleisch hatte und zweitens nicht unbedingt zwischen blechsäbelschwingenden Minipiraten rumknutschen wollte. Und dann war da ja auch noch die Sache mit Carlos, die mir schwer im Magen lag.

Als es dämmerte, schwangen wir uns wieder auf die Räder, aber ich erhaschte einen Blick auf ein Plakat: »Endless Summer Party Night«.

Ich bremste scharf und las: Kampen, 21 Uhr.

»Constantin! Musst du zu deiner Mutter?«

»Ich muss morgen früh zum Frühstück erscheinen. Warum?«

»Hast du Lust auf Party?«

»Mit dir immer!«

In meiner gegenwärtigen Seelenverfassung tat mir die Antwort so wohl wie der Aufenthalt in einer angesagten Wellnessoase.

Wir traten in die Pedale und hörten schon von Weitem die Musik an Buhne 16. Junge, da wurde gefeiert, da war Party ohne Ende! Die Musik bretterte, Technogewummer dröhnte, Reggae mischte sich darunter und Afro-Jazz. Der Strand bebte, die Lichter zuckten und die Wellen klatschten dazu. Der Typ vor mir hatte die größtmögliche Beutelhose aus dem Schrank gezogen, und wenn er sich nur ein kleines bisschen bewegte, hatte ich die volle Sicht auf den Rand einer angesagten U-Hose. Toll. Seine Begleiterin –

»O Gott! Muss das sein? Johanna …«

Ich zog Constantin schnell weiter. »Die packe ich heute nicht.«

Es wurde die tollste Partynacht meines Lebens. Constantin bewunderte mich, er ließ mich keine Sekunde aus den Augen. Er war süß. Aufmerksam. Und er wäre der perfekte Freund gewesen, wenn er mich nicht dauernd so liebevoll angeguckt hätte.

Lang nach Mitternacht suchten wir uns in den Dünen ein einsames Plätzchen. Zugegeben, wir waren nicht allein, überall wisperten, kicherten, lachten andere Leute, denen es so ging wie uns: Sie brauchten eine Erholungspause.

Die Musik drang zwar noch an unsere Ohren, aber wir hörten auch die Brandung und den Wind. Constantin beugte sich über mich und flüsterte mir all das ins Ohr, was man sagt, wenn man sich frisch verliebt hat.

Ich schwieg, machte höchstens mal »Hmmm« oder strich ihm die Haare aus der Stirn, die ihm immer wieder über die Augen fielen. Irgendwann bemerkte er das.

»Geht es dir auch so?«, fragte er leise. »Bist du auch so glücklich wie ich?«

»Hab gerade nicht zugehört«, flüsterte ich. »Hörst du die Brandung?«

»Erst jetzt, wo du es sagst«, antwortete er und küsste mich ausgiebig. »Ich möchte Tausende von Sternschnuppen, um sie dir zu schenken. Ich würde dir den Mond vom Himmel und die schönsten Perlen aus der tiefsten Tiefe des Meeres holen, wenn das möglich wäre. Damit ich dein Gesicht und deine Augen sehen kann, sollte das Meer leuchten und –«

»Sprich mit dem Einzeller Noctiluca miliaris«, tönte eine Stimme aus der Dunkelheit. »Das Tier hat die Fähigkeit zur Biolumineszenz – chemischer Verbrennungsvorgang mit schwacher Lichterzeugung. Alles klar?«

Wäre ich in Constantin verliebt gewesen, hätte mich die ungebetene Einmischung tierisch gestört. Aber jetzt? Ich kicherte zuerst und lachte dann so schrecklich, bis Constantin mir den Mund zuhielt und »Pst!« machte.

»So ein Ekel«, klagte er. »Ausgerechnet bei meiner allerersten Liebeserklärung muss mir jemand mit 'nem leuchtenden Einzeller dazwischenfunken!«

»Er hat es doch nur gut gemeint! Er wollte dir helfen, denn schließlich hast du dir ja ein bisschen Licht gewünscht!«

Später schlich ich mich barfuß in mein Zimmer. Keine Ahnung, ob Carlos in seinem Bett lag. Das ging mich ja auch gar nichts mehr an, oder?

Schiet zupass

= - = - = - = - = -

Als ich am nächsten Morgen in der Küche auftauchte, strich mir Märthe besorgt über den Kopf und verfiel in ihr heimatliches Platt. »Mir scheint, du bist son büschen schiet zupass. Trink mal den Kaffee, dann geht's dir gleich besser.«

»Wo sind die anderen?«

»Albrecht ist mit Noballs am Strand.«

»Und ... Carlos?«, fragte ich so beiläufig wie möglich.

»Der schläft noch.« Märthe stellte mir drei Spiegeleier vor die Nase.

»Danke. Nicht für mich.«

»Iit, sonst geht gaar ek, oder wie wir Friesen sagen: Rüm hart, klaar kimming.«

»Was heißt das denn? Ich verstehe kein Wort.«

»Mein Gott, wie soll ich das nur übersetzen!« Märthe runzelte die Stirn.

»Heißt das so viel wie: Essen und Trinken hält Leib und Seele zusammen?«

»Kann sein, kann auch nicht sein.« Sie musterte mich so ungeniert, dass ich mir richtig blöd und unbehaglich vorkam. »Ist was?«

»Woll«, gab sie unumwunden zu. »Mein Urgroßvater fuhr noch zur See«, erklärte sie und hielt mir den Spiegeleiteller unter die Nase. »Er schipperte nach Asien und war auch mal in China. Von dort brachte er ein Sprichwort mit. Porzellan und Seide hatte er zwar auch im Gepäck, aber das Sprichwort war ihm das Liebste von alledem, was er je mitgebracht hat.«

»So? Das war dann sicher ein ganz besonders weises Wort.«

»Woll. Es handelt vom Drachensteigen.«

»Wie hieß es denn?« Ich hob den Kopf. Da oben knackten doch die Dielen, oder? Klar, und die Wasserspülung rauschte! Carlos war aufgestanden. Er war der Letzte, den ich jetzt sehen wollte. Ich sprang auf. »Tschüss, Märthe! Ich bringe heute beim besten Willen nichts runter, ehrlich!«

An der Haustür erwischte sie mich doch noch. »Hoch steigt der Drache nur gegen den Wind!«

»Wie bitte?«

»Das Sprichwort, Mimi! Ich wollte es dir nur noch schnell sagen.«

Ich knallte die Tür hinter mir zu und raste los. Erst an der dritten Straßenecke bemerkte ich, dass ich das Rad vergessen und die falsche Richtung eingeschlagen hatte. Hier ging's doch zum Watt, oder? Macht nichts, sagte ich mir. Das muss ich schließlich auch mal gesehen haben. Bald hatte ich die letzten Häuser hinter mir gelassen. So dachte ich, aber dann sah ich noch eines, das sich so richtig in eine Vertiefung kuschelte. Süß sah das aus.

Das Naturschutzgebiet begann, ich zögerte. Sollte ich rechts oder links gehen? Ich entdeckte einen Steg, der sich durch das Heidekraut zog, sprang ihn hinunter, hielt mich links und stand auf dem Weg zum Watt.

Es war vollkommen windstill und sehr warm. Weiße Schleierwolken bedeckten den Himmel, es sah aus, als würde es bald regnen. Schweiß stand mir auf der Stirn. Der Weg war so, dass ich nirgends ans Wasser kam. Schließlich kam ich an einen zweiten Steg, der durch nasse Wiesen mit dichten, mir unbekannten Grasbüscheln gebaut war. Überall stand Wasser und das Ganze sah ziemlich ungemütlich und sumpfig aus.

Ich setzte mich ans Ende des Stegs und ließ die Beine baumeln.

Märthe und das chinesische Sprichwort ihres Urgroßvaters ... »Hoch steigt der Drache nur gegen den Wind.« Was das nur bedeutete? Hieß es: Widerstände machen dich stark? Oder: Nur Widerstände bringen dich weiter? Etwas in der Art musste es wohl sein.

Ich schaute mich um. Kein Mensch war zu sehen, wahrscheinlich schliefen noch alle nach der langen Summer Night Party. Zögernd stippte ich auf den schiefergrauen Sand. Der war warm und hart. Ganz hart. Ich stellte mich auf die Zehenspitzen. Weit vor mir glänzte das Wasser, aber der Boden war praktisch trocken und von kleinen, spaghettiartigen Häufchen bedeckt. Plötzlich schob sich aus einem kreisrunden Loch ein Schwanzende – und in diesem Augenblick schoss eine Möwe nieder, stieß zu und flog mit ihrer Beute, einem zappelnden Wurm, schnellstens davon.

Vorsichtig tappte ich los. Da brachte sich eine kleine Krabbe mit ihrem merkwürdig schiefen Gang vor mir in Sicherheit. Wieder ein Stück weiter balgten sich vier Vögel um etwas, was ich nicht erkennen konnte. Hier lag eine Muschel, da ein Stück

Seetang. Ich sprang über einen Wassergraben und erschrak: Komisch, der Sand war an dieser Stelle ziemlich weich.

Wenige Schritte danach war er aber wieder brett-hart, also ging ich weiter und weiter, immer auf die glitzernde Wasserfläche zu. Manchmal war der Sand hart und wellig, manchmal matschig weich.

Nach einer Weile drehte ich mich um. Alles o.k., da war der Strand und die Dächer der Häuser sah ich auch.

Alles paletti also ... Nur blöd, dass es zu tröpfeln anfing. Mist, den Anorak hatte ich bei meiner überstürzten Flucht natürlich vergessen, aber nässer als nass kann man nicht werden, sagte ich mir und schaute auf die Uhr. Wie sollte ich den Tag bloß herumbringen, fragte ich mich. Immer auf der Flucht vor Carlos zu sein machte ja keinen Sinn. Ich konnte Constantin anrufen, seine Handynummer hatte ich. Aber ein weiterer Tag mit ihm allein brachte mir nur neue Komplikationen. Ich dachte nach und grübelte, verfluchte Holly und den blöden Carlos und erinnerte mich an mein Lebensziel. »Ich werde die allerberühmteste Reisejournalistin aller Zeiten«, knurrte ich endlich. »Ich kehre um und radle zur Redaktion der ›Sylter Zeitung‹. Dort lasse ich mir alle Infos geben, die sie über die Modelwahl haben, ich fahre zum Flughafen, checke die Location ab und dann sehe ich weiter.«

Inzwischen war aus dem Tröpfeln richtiger Regen geworden. Ich drehte um – und stand an einem Wasserlauf. Wo kam der denn her? Ich hätte schwören können, dass er vor wenigen Minuten noch nicht vorhanden gewesen war. Und wo waren die

Dächer? Komisch. Die konnten sich doch nicht in Luft aufgelöst haben, oder? Eine Fata Morgana waren sie auch nicht gewesen. Ich mochte ja nicht viel über die Insel wissen, aber dass sie sich keiner Fata Morgana rühmte, das wusste ich sicher.

Der Regen rauschte, die Sicht war miserabel und der Sand unter meinen Füßen war hier ziemlich weich.

Ich sprang über ein Wässerchen, über ein zweites und drittes. Ein viertes, breiteres, fast schon ein Bach, zwang mich zu einem Umweg.

Plötzlich sah ich überhaupt nichts mehr. Mir war, als hätte mich eine Wolke eingehüllt. Ich stapfte weiter. Bei jedem Schritt spürte ich, dass der Sand immer weicher wurde. Und nasser? Nasser auch. Probehalber tat ich einen Schritt. Sofort füllte sich der Abdruck meines Schuhs mit Wasser. Das war vorhin so nicht gewesen. Langsam bekam ich Angst. Mein Herz klopfte so stark, dass es in mir richtig wummerte. Ich blieb stehen und schimpfte vor mich hin. Drüben am Strand gibt es eine Strandwache, die bei Gefahr die Leute aus dem Wasser trötet. Und hier, wo eine Wache wirklich sinnvoll wäre, da wird gekniffen?! Macht das Sinn? Nein, das macht keinen Sinn!

Plötzlich musste ich wider Willen lachen. Mimi, sagte ich mir, das wird mal wieder eine klasse Story. »Verschollen im Watt! Nach drei langen Tagen gerettet!«

Hey! Wie war das? Zog einen das Wasser nicht so weit hinaus, dass auch ein guter Schwimmer nicht mehr zurückkehren konnte? Bei dem Gedanken wurde mir richtig schlecht und mein Herzschlag legte noch einen Gang zu.

Richtig mies fühlte ich mich aber erst, als das Wasser über meine Schuhe schwappte. Mein Gott, das wurde ja wirklich gefährlich! Rufen würde mir nichts nützen, der Nebel – oder die Wolke – verschluckte jeden Laut, das wusste ich. Und noch etwas wusste ich: Ich hatte inzwischen jedes Gefühl für die Richtung zum Strand verloren. So ein Mist aber auch!

Ich stand, starrte in die weiße Wolke, fühlte das Wasser an meinen Knöcheln und die Angst in mir. Eine Möwe flog krächzend über mich hinweg, unwillkürlich hob ich den Kopf – da leuchtete ja was Blaues!

Nach wenigen Augenblicken hatte sich die Wolke aufgelöst. Ich sah, dass ich tatsächlich in die komplett falsche Richtung, nämlich zum Wasser hin, gegangen war. Ich drehte mich um, rannte schnellstens zum Steg und gelangte mit einem einzigen Sprung in Sicherheit.

Ich kenne nur Lösungen!

Als die ersten Häuser in Sicht kamen, hörte der Regen auf. Ich bückte mich, um einen ewig rutschenden Socken hochzuziehen, und wurde von hinten fast umgestoßen. Himmel noch mal, das hatte ich gern!

Wütend drehte ich mich um. »Noballs! Wo kommst du denn her?« Der Hund bellte fröhlich, legte mir die Vorderpfoten auf die Schultern und leckte mir übers Gesicht.

»Noballs! Willst du wohl Mimi in Ruhe lassen? Benimm dich!«

Albrecht nahm Noballs an die Leine. »Wir haben unseren Morgenspaziergang gemacht«, erklärte er und stutzte. »Mimi! Wie siehst du denn aus? Ist was?«

Ich grinste verlegen. »Nö. Warum fragst du?«

Er musterte mich. »Mir scheint, du bist son büschen schiet zupass.«

»Das sagte Märthe auch schon«, murmelte ich und ging weiter.

Nach wenigen Metern blieb Albrecht stehen. »Du bist früh unterwegs«, meinte er.

»Ich war im Watt.«

»Allein? Das solltest du aber nicht tun.«

Ich nickte. »Ich bin nicht weit rausgegangen. Der

Sand war hart ... Aber dann kam 'ne Wolke. Und der Regen.« Ich schluckte.

»Was weißt du übers Watt?«, wollte Albrecht wissen.

»Nichts«, gestand ich.

»Nichts? Das dachte ich mir.« Wir hielten vor der weiß gestrichenen Gartenpforte. »Warum ist Carlos nicht mitgegangen?«

»Weil ... Als ich ging, hat er noch geschlafen.« Ich ärgerte mich, weil Albrecht mir den Weg verstellte. Er schüttelte den Kopf, wollte etwas sagen und überlegte es sich anders. Er stieß das Tor auf und stapfte voraus.

Es war totenstill im Haus. Die Küchentür stand offen, ebenso die Tür zur guten Stube, dem Piisel.

»Komm mal, Mimi«, sagte Albrecht. »Hier hast du was zu lesen.«

Er zog einen fetten Wälzer aus einem Regal, blätterte und drückte mir das Buch in die Hand. »Das Watt«, stand da.

»Wenn Märthe nach mir fragt«, sagte Albrecht, »ich bin zum Mittagessen zurück. Komm, Noballs.«

Einen Augenblick später fiel die Eingangstür ins Schloss.

Ich sank in Albrechts Ledersessel am Fenster und zog zuerst mal meine nassen Schuhe und Strümpfe aus, dann schaute ich mich um. Der Eichentisch glänzte, die blau-weißen Kacheln an den Wänden glänzten und die Sonne, die jetzt durch die Scheiben der kleinen Fenster auf die Messingleuchter fiel, brachte auch die zum Glänzen. Alles glänzte und leuchtete, nur in meinem Innern herrschte finsterste Nacht.

Ich seufzte und las vor Verzweiflung und weil

ich sowieso nichts Besseres zu tun hatte die Infos übers Watt. »Ein amphibischer Saum fällt bei Ebbe ganz oder teilweise trocken, wird bei Flut jedoch zum größten Teil überspült.« Was, zum Donnerwetter, ist ein amphibischer Saum? Kopfschüttelnd las ich weiter. »Das Watt wird von Prielen durchzogen. Sie bilden die Zu- und Abflussrinnen der Gezeitenströme und fallen auch bei Ebbe nicht trocken .... Die Wattwanderwege verlaufen zumeist auf einer Wattwasserscheide und werden von den Führern so gewählt, dass Priele an flacheren Stellen durchwatet und Muschelbänke sowie tückische, nur dünn verschlickte Löcher umgangen werden. Die ›Wege‹ verändern sich ständig und sind deshalb nicht gekennzeichnet. Plötzliche Wetteränderungen, Gewitter und aufziehende Seenebel werden genau wie im Hochgebirge zu lebensgefährlichen Fallen. Ohne fachkundige Führung und Kompass sollte man nie ins Watt –« Eine Diele knarrte, ich hob den Kopf. »Carlos! Hast du mich erschreckt!«

»So? Wo warst du heute Morgen? Und gestern? Und wann bist du heute Nacht zurückgekommen?«

Das durfte ja wohl nicht wahr sein!

»Wie bitte? Du machst die Fliege und willst dann auch noch wissen, wo ich war? Du tickst ja nicht richtig!«, fauchte ich und sprang auf. Das Buch fiel zu Boden, wir bückten uns gleichzeitig und stießen mit den Köpfen zusammen. »Autsch!«

Carlos packte mich an den Armen. »Mimi, du wusstest, wo ich war. Ich wusste nicht, wo du warst – und mit wem du unterwegs warst. Mit Constantin? Was habt ihr gemacht?«

»Was geht dich das an? Nichts!«

»O doch! Du bist meine Freundin –«

»Das war ich mal«, unterbrach ich ihn hitzig.

Carlos starrte mich an. »War? Du sagst: war? Wie soll ich das denn verstehen?«

»So, wie es gemeint ist. Ich hab die Nase voll von deinen Wandas und Hollys – und überhaupt!«

»Und was ist mit deinen Jonnys und Constantins?«, rief Carlos.

»Wie du mir, so ich dir!«, schrie ich.

»Mimi! Was kann ich dafür, wenn Holly sich in mich –«

»Eben«, fiel ich ihm ins Wort. »Was kannst du dafür, wenn Holly sich in dich und Constantin sich in mich verliebt?«

Carlos stutzte. »Sind das Naturereignisse? Plötzliche Änderungen, denen wir ausgeliefert sind wie dem Wetter? Pah!« Er lehnte sich an die Wand. »Ich dachte, wir hätten das geklärt.«

»Was geklärt? Dass du mich wegen jeder Tussi, die dich anhimmelt, vergisst?«

»So war das nicht gemeint«, stammelte Carlos hilflos.

»Nein? Wie dann? Etwa so: Liebe Mimi, *jetzt* kümmere ich mich erst mal um Holly, später bin ich dann wieder für dich da. Hast du es so gemeint? Gut, da kann ich mithalten, Carlos.«

Er schwieg, dann sagte er leise: »Ich versteh's nicht. Andere schaffen es doch auch.«

»Was denn?«

»Dass sie zusammen sind, ohne dauernd Streit wegen anderen Typen zu bekommen.«

»Klar«, entgegnete ich. »Klar schaffen sie es. Irgendwas machen sie wohl anders als wir.«

»Nur was?«

»Hör zu, Carlos, wir leben nicht zu zweit allein auf einer abgelegenen Insel. Es wird immer Leute geben, die sich an dich oder mich anhängen und Störfaktor spielen wollen. Also? Umbringen können wir sie nicht. Davonfliegen können wir auch nicht.«

»Wie machen es denn die anderen? Es kann doch nicht allein nur uns so gehen, oder?«, sagte Carlos so jämmerlich, dass mir ganz warm ums Herz wurde und sich meine Wut auf ihn in null Komma nichts auflöste wie vor Kurzem die Nebelwolke.

»Nein.« Ich nagte an der Unterlippe. »Wir könnten natürlich sagen: Hey, Leute, wir beide gehören zusammen. Lasst die Finger von uns. Oder wir könnten uns ein Schild um den Hals hängen: ›Bin giftig! Abstand halten!‹«

»Das würde mich erst recht in die Gänge bringen, Mimi!«

»Mich auch, wenn ich gerade keinen Freund hätte und scharf auf einen anderen wäre.«

Wir entwickelten die unsinnigsten Ideen und kamen schließlich auf die äußerlichen Zeichen: gleicher Ohrring oder gleicher Fingerring, etwas in dieser Art.

»Ich will das nicht«, protestierte ich. »Entweder weiß ich, dass ich zu dir gehöre, oder –«

»Es geht nicht um dich oder mich, Mimi, es geht um die anderen«, erklärte Carlos.

In Chile war ich mit der roten Karte unterwegs gewesen. Darauf stand: »Ich werde mich nie wieder verlieben!« Für Sylt hatte ich eine gelbe Karte gebastelt: »Die wahren Abenteuer finden im Kopf statt.« Wie wahr das war! Ich hatte gedacht, Carlos hätte sich gestern einen tollen Tag mit Holly gemacht –

und er dachte dasselbe von mir und Constantin. Man bräuchte, überlegte ich, so was in der Art. Einfach eine Karte hochhalten mit der Aufschrift: »Vergeben! Habe einen Freund!« Dann wüssten die anderen, woran sie waren. Lesen konnte ja wohl jeder.

»Der Fehler liegt bei uns, Carlos«, sagte ich. »Wir müssen uns ändern. Schau her, es gibt viele super Typen, die jede Menge ... du weißt schon. Trotzdem weiß man, dass der oder die nicht zu haben ist, stimmt's?«

»Mmmm.«

»Die Frage ist: Wie verhalten sich diese super Typen?«

Zum ersten Mal an diesem Morgen lachte Carlos. »Na, wie wohl? So, wie ich es gestern gemacht habe!«

»Wie hast du es denn gemacht?«

»Ganz einfach. Ich habe Holly gesagt, dass wir fest befreundet sind«, erklärte Carlos.

Das haute mich um. »Warum streiten wir uns dann?«, stotterte ich.

»Weil du und Constantin –«

»Stimmt ja gar nicht!«, rief ich.

»Hast du ihm knallhart gesagt, dass wir beide zusammengehören?«, bohrte Carlos.

»Nnnnicht direkt. Ich dachte ja, dass du und Holly –«

»Mensch, Mimi, sie hat mich nur zum Kliff gebracht!«

»Ja, das denkst du«, verteidigte ich mich, weil ich plötzlich ein tierisch schlechtes Gewissen hatte. »Aber ihr Großvater hat sie durchschaut. Das Biest hat sich nämlich per Reiseführer schlaugemacht, um dir imponieren zu können.«

Carlos grinste. »Und welche Masche hat sich Constantin ausgedacht, um dich zu beeindrucken?«

»Er ist einfach süß«, erklärte ich.

»Süß? Igitt!«

»Habt ihr euch wieder versöhnt?« Märthe war unbemerkt hereingekommen. Jetzt stellte sie den vollbepackten Einkaufskorb ab und legte eine Zeitung auf den Tisch.

»Es war alles nur ein Missverständnis«, meinte Carlos.

»Missverständnisse sind Schietkram.« Sie setzte sich in Albrechts Sessel. »Als mein Mann noch lebte, gab es zuerst immer Ärger wegen diesen Missverständnissen. Da war nämlich ein alter Freund, der wollte einfach nicht kapieren, dass ich den Hinrich geheiratet habe. Und andererseits, wenn der Hinrich den Carl nur von ferne sah, ist ihm die Wut ins Gesicht gestiegen.«

»Wie seid ihr den Ärger losgeworden?«, fragten Carlos und ich gleichzeitig.

»Das hat gedauert.« Märthe schaute aus dem Fenster. »Das gibt sich«, meinte sie dann gleichmütig. »Alle müssen da durch. Entweder sie glauben aneinander, dann hält es, oder sie glauben nicht, was der andere sagt, dann hält es eben nicht. So einfach ist das.«

»Hoch steigt der Drache nur gegen den Wind«, zitierte ich das chinesische Sprichwort, das ihr Urgroßvater von seiner Reise mitgebracht hatte.

»Klar. Keine Liebe ohne Widerstände, und ohne Widerstände keine Liebe.« Märthe brachte die Sache auf den Punkt.

Trotzdem schimpfte ich: »Ich pfeife auf alle Widerstände und Störfaktoren.«

»Du kannst von morgens bis abends pfeifen, wegpfeifen kannst du nichts.«

»Was sonst kann ich tun?«

Märthe wiegte den Kopf hin und her. »Weiß ich es? Das Problem muss jeder für sich lösen.«

Die Zeitung raschelte. Carlos lachte auf, deutete auf eine fette Überschrift und las vor: »Sie sagt: ›Ich kenne keine Probleme, ich kenne nur Lösungen.‹«

»Sag ich doch! Hört auf zu jammern. Überlegt euch lieber, wie ihr mit den Widerständen fertig werdet.« Märthe stand ächzend auf und rieb sich den Rücken. »So, jetzt muss ich das Mittagessen vorbereiten. Was habt ihr vor?«

Ehe wir antworten konnten, klingelte es Sturm.

Ein Übel kommt selten allein

»Hi!« Holly schwenkte eine Tasche. »Super Badewetter. Kommt ihr mit?«

»In einer Stunde gibt es Essen!«, rief Märthe aus der Küche. »Holly, für dich reicht es auch, aber seid pünktlich, ja? Und passt auf den Schietkram auf, hört ihr?«

»Was meint sie mit dem Schietkram?«, fragte Holly sofort.

»Das geht nur Mimi und mich was an«, antwortete Carlos und rannte die Treppe hoch, um die Badesachen zu holen.

»O.k.« Holly legte den Kopf schief. »Bist du sauer auf mich, Mimi?«

»Klar, gestern war ich sauer auf dich. Hättest dir Carlos ja nicht so untern Nagel reißen müssen, oder? Aber ich hab mich revanchiert.«

Holly nickte. »Das hat Carlos schon gestern vermutet. Er war mächtig wütend auf dich, das kann ich dir sagen! Und auf mich auch. Er meinte, ich soll mich gefälligst an die Regeln halten. Dabei ...«, sie grinste, »... dabei ist es doch meistens so, dass die Jungs nichts anbrennen lassen, stimmt's? Jedenfalls hab ich diese Erfahrung gemacht.«

Holly war so geradeheraus, dass man ihr gar nicht böse sein konnte.

Ich zuckte die Schultern und bekam einen roten Kopf, schließlich hatte ich mich gestern auch nicht eben vorbildlich benommen. »Und? Hältst du dich jetzt an die Regeln?«

»Klar. Was anderes bleibt mir ja nicht übrig.«

»Gut, dass du das so siehst«, stellte ich fest. »Ich pass auf dich auf, klar?«

Wir radelten die Alte Dorfstraße hinunter und warteten an der Ampel auf das grüne Männchen. Als es erschien, schwangen wir uns wieder auf die Räder und strampelten los. Hinter uns rappelte eine rostige Radglocke. Jemand wollte an uns vorbei, aber wir dachten gar nicht daran, den Weg freizugeben.

»He, seid ihr taub?«

O Gott, das war Constantin. Der hatte mir gerade noch gefehlt. »Fahrt mal voraus, ja?«, bat ich hastig. »Wir kommen nach.«

Carlos warf mir einen Blick zu, der ganz klar sagte: »Pass auf den Schietkram auf, Mimi!« Na dann, nichts wie ran, nahm ich mir vor. Aber unbehaglich war mir doch zumute.

»Hey, Constantin!«

»Mimi!« Constantin fuhr so dicht heran, dass er den Arm um mich legen konnte.

»Hab dir was mitgebracht. Die Blume ist für dich.« Er reichte mir eine ziemlich zerzauste rote Heckenrose.

»Danke.« Die Sache wurde ja immer brenzliger! Ich nahm meinen ganzen Mut zusammen. »Constantin, das gestern Abend war ein Fehler. Vergiss alles, was du mir in den Dünen ins Ohr geflüstert hast, ja?«

»Aber warum denn? Ich habe mich in dich verliebt und ich dachte –«

»Du hast was Falsches gedacht«, unterbrach ich ihn. »Mein Fehler, ich weiß. Ich entschuldige mich auch, ehrlich, aber weißt du, Carlos und ich …« Ich stockte, dann nahm ich einen neuen Anlauf. »Für mich gibt es nur Carlos, verstehst du?«

»Nein, das verstehe ich nicht«, antwortete Constantin verwirrt. »Gestern Abend hast du doch gesagt –«

»Constantin, ich habe einen Fehler gemacht.« Ich stieg vom Rad. »Ich war so sauer auf Carlos, dass ich wirklich Schluss machen wollte, aber ich habe mich geirrt, das Ganze war nur ein Missverständnis. Es war ein Fehler«, beharrte ich.

»Es war ein Fehler«, wiederholte Constantin tonlos. Es war furchtbar, mit ansehen zu müssen, wie seine Enttäuschung wuchs und wuchs. Ich nahm mir für immer und alle Zeiten vor, nie mehr einem anderen etwas vorzumachen, egal wie sauer ich auf Carlos wäre. »Komm, nimm's sportlich«, bat ich. »Sei mein Freund, ja?«

Er schaute zu Boden, dann auf mich, streckte den Arm aus und ich dachte schon, er wäre mir wirklich nicht böse. Da, ganz plötzlich, wendete er, radelte los und ich stand da und gaffte ihm blöd nach.

»Constantin!« Ich holte ihn ein und versperrte ihm den Weg. »Mensch, Constantin, sei nicht sauer. Wir kennen uns doch erst seit drei Tagen!«

»Na und? Die Zeit spielt keine Rolle.«

»Doch. Zeit spielt eine Rolle. Sieh mal, mit Carlos habe ich schon so viel erlebt. Wir haben uns in

Chile kennengelernt, wir haben ein Erdbeben überlebt, wir waren in Marrakesch und in den Abruzzen – so was schweißt zusammen. Kannst du das nicht verstehen?«

»Warum warst du dann gestern Abend so … ich meine, du hast so getan, als würde ich dir etwas bedeuten.«

»Ja, das stimmt ja alles. Ich sagte dir doch, es war ein Fehler!«

Constantin schüttelte den Kopf und setzte sich wieder aufs Rad. »Das muss ich jetzt erst mal verdauen.«

Hilflos schaute ich ihm hinterher, wie er durch den Sand strampelte.

Carlos und Holly warteten am Steg, der zum Strand hinunterführte.

»Wo ist Constantin?«, fragte Holly sofort.

»Er wollte nicht mitkommen.«

»Warum denn nicht?«, bohrte Holly.

Ich schüttelte störrisch den Kopf und schwieg.

»Hast du ihn schäbig behandelt?«, fragte Holly direkt. »Weil du dachtest, ich hätte was mit Carlos?«

Ich fühlte mich verdammt unbehaglich. »So in etwa …«, murmelte ich.

»Wirklich? Mensch, Mimi, zuerst klebt Johanna, die er nicht ausstehen kann, wie Kaugummi an ihm. Er findet Johanna ätzend und verliebt sich in dich. Aber du liebst Carlos und schickst ihn, nachdem du weißt, dass Carlos zu dir hält, in die Wüste. Das ist hart.« Holly stutzte. »Moment mal!« Sie warf mir ihre Badetasche vor die Füße und rannte den Weg zurück.

»Ist sie jetzt völlig übergeschnappt?«, fragte Carlos.

»Das glaube ich nicht. Es handelt sich lediglich um einen ihrer Spontanentschlüsse. Das heißt, es handelt sich bestimmt um ihre Lieblingsbeschäftigung, um die Lebensorganisation eines anderen.«

»Das kann dauern«, stellte Carlos fest.

Ich hatte ein total schlechtes Gewissen.

Wir zogen die Kleider aus und die Badesachen an. Weder Holly noch Constantin ließen sich blicken.

Wir gingen am Strand entlang und sammelten Muscheln. Die beiden waren nicht in Sicht.

Wir warfen uns in die Wellen, schwammen und planschten, aber Spaß machte es nicht – keine Holly, kein Constantin stand winkend im Sand.

Wir trockneten uns ab, zogen uns an.

Wir stopften die nassen Badesachen in die Plastiktüte und erklommen die Düne.

Wir schlossen unsere Räder auf und klemmten die Tüte auf den Gepäckträger: keine Holly, kein Constantin.

Wir radelten los, überquerten die Straße, gondelten die Alte Dorfstraße hinunter, bogen in den Sjipwai ein und bremsten vor Albrechts weiß lackiertem Gartentörchen. Zwei Räder lehnten an der Mauer.

»Der Tag hat es in sich«, murmelte ich und schlich ins Haus.

Holly half Märthe in der Küche. Dass Constantin und Albrecht im Garten saßen, sah ich durchs Fenster. »Sieht aus, als wäre da ein Gespräch von Mann zu Mann im Gange. Albrecht kramt im reichen Schatz seiner Lebenserfahrungen und hilft dem armen Verlassenen und Verschmähten, ins Leben zurückzufinden«, flüsterte ich Carlos ins Ohr.

»Mimi, ausgerechnet du spottest?!« Carlos war aufrichtig entsetzt. »Das ist fies.«

»Ich bin nicht fies«, verteidigte ich mich. »Es ist lediglich mein blödsinniger Versuch, mit dem Schietkram fertig zu werden.«

»Der Schietkram ist dein Werk«, erinnerte mich Carlos.

»Du bist herzlos! Ich habe nur gesagt, man muss ja nicht wie zwei Kaugummis aneinanderkleben. Man kann ja auch mal einen Tag mit jemand anderem verbringen, stimmt's? Es war aber nicht ausgemacht, dass Holly sich in dich verliebt!«

»Mimi, nun hör endlich auf damit! Du hast gedacht, Holly wäre Wanda zwo und hast Constantin angemacht. Das war gemein und unfair.«

»Streitet ihr schon wieder?«, rief Märthe aus der Küche. »Lasst den Schietkram bleiben und kommt zum Essen.«

»Schietkram, Schietkram, Schietkram«, schimpfte ich. »Alles ist Schietkram! Und überhaupt, mir ist der Appetit vergangen.«

Holly holte Albrecht und Constantin, wir setzten uns an den Tisch, und als Märthe den gebratenen Fisch brachte, stellte ich plötzlich fest, dass ich trotz all dem Schietkram rasenden Hunger hatte.

»Ich bin zuerst in die falsche Richtung geradelt«, erklärte Holly. »Aber dann habe ich Constantin vor dem *Dorfkrug* gesehen und dann kam auch noch Albrecht mit Noballs und meinte, wir sollten hier auf euch warten. Was machen wir nach dem Essen? Ich schlage vor, dass ich euch die *Silberkanne* zeige. Das ist ein ehemaliger Bunker, den man einfach gesehen haben muss.«

Ich rümpfte die Nase, aber bevor ich etwas sagen konnte, meinte Constantin: »Ich werde nicht –«

»Kommt nicht infrage, dass du kneifst«, unterbrach ihn Holly. »Natürlich kommst du mit uns. Oder willst du vielleicht an eurem Pool herumhängen und Trübsal blasen? Oder Johanna Gesellschaft leisten? So blöd kannst du gar nicht sein, Constantin.«

»Du organisierst schon wieder mein Leben«, beklagte er sich.

»Klar. Wenn ich es nicht tu, kommst du um vor Langeweile.«

»Ich habe mich noch nie gelangweilt! Ich lese!«

Holly winkte ab. »Das hat Zeit! Buchstaben haben keine Beine, die bleiben fein auf den Seiten und warten auf dich, bis du wieder zu Hause bist.«

Albrecht lachte. »Constantin, ich an deiner Stelle würde mir die *Silberkanne* nicht entgehen lassen.« Er legte eine Gräte an den Tellerrand. »Holly, heute Vormittag war ich bei deinem Großvater. Er kommt am Sonntagnachmittag zum Tee. Du bist eingeladen und Constantin selbstverständlich auch. Ich würde mich freuen, wenn deine Mutter dich begleiten würde. Wann reist ihr denn wieder ab?«

»In einer Woche«, antwortete Constantin und strich sich das Haar aus der Stirn. »Was ist, wenn meine Mutter schon etwas vorhat?«

»Sag ihr bitte, ihr Kommen wäre mir ein ganz besonderes Anliegen.«

»Kennst du sie?«, fragte Holly neugierig.

»Woher soll ich das wissen? Dazu muss ich sie erst mal sehen«, entgegnete Albrecht ausweichend.

»Stimmt auch wieder«, lenkte Holly ein.

Wir aßen rote Grütze mit Sahne und halfen Märthe beim Abräumen.

Die Silberkanne

Während die anderen zu den Rädern gingen, rannte ich rasch in mein Zimmer, um meinen Rucksack samt Notizbuch und Fotoapparat zu holen: Man konnte ja nie wissen, ob man nicht etwas furchtbar Spannendes entdecken würde.

Vom Sjipwai aus ist es nicht weit bis zur *Silberkanne,* aber nur ein Spaßvogel konnte einem ehemaligen Bunker einen so edlen Namen geben. Wir stellten die Räder ab und hörten Hollys Erklärungen an. »Also hier war mal ein Hünengrab. Ein Hünengrab ist ein Grab aus frühgeschichtlicher Zeit, über das die Leute einen Erdhügel geschaufelt haben, damit er weithin sichtbar ist. Danach passierte hier lange Zeit nichts mehr. Erst im letzten Krieg wurde an dieser Stelle ein Bunker gebaut, und nach dem Krieg, als man ihn nicht mehr brauchte, zogen Flüchtlinge ein. Vor fünfzig Jahren kam jemand auf die geniale Idee, den Bunker in ein Gasthaus zu verwandeln. Er pflanzte auch alle Bäume, Büsche und Sträucher und legte den Garten so an, dass überall kleine Nischen und Winkel entstanden. Kommt, vielleicht finden wir einen freien Tisch.«

Ich warf den Rucksack über den Rücken und folgte den anderen.

Der ehemalige Bunker war ein niedriges, verwinkeltes, reetgedecktes Gebäude, das sich tief in die Dünen duckte. Rechts davon befand sich der Kaffeegarten. Die Tische, einzeln oder in kleinen Gruppen, standen wie verwunschen zwischen den Büschen und Hecken. Zwei Jungs sprangen von den Stühlen und winkten. »Dirk und Kai, die beiden von der Strandwache«, rief Holly. »Warum seid ihr nicht am Strand?«

»Heute ist unser freier Tag!«, erklärte Dirk. »Setzt euch doch zu uns. Wie kommt's, dass ihr nicht am Wasser seid? Bei dem schönen Wetter!«

»Wir haben schon gebadet«, erklärte ich und stellte den Rucksack neben meinen Stuhl. »Außerdem wollte Holly uns die *Silberkanne* zeigen.«

»Sie hat einen großen Vorteil: Man sieht nur Grün, wenig von den Gästen und vor allem kein Wasser«, meinte Kai lachend. »Nur ein bisschen vom Watt, aber dazu muss ich schon aufstehen und um den Busch herumgehen.« Er machte es vor. »So, seht ihr? ... Hilfe! Da ist sie schon wieder! Ich glaube, sie verfolgt uns!« Er sank auf seinen Stuhl und schlug die Hände vor die Augen.

»Wen meinst du?«, fragte ich.

»Es muss diese Johanna sein.« Dirk lugte vorsichtig über die Zweige. »Stimmt. Kannst dich beruhigen, Kai, sie ist in Begleitung.«

Holly lachte. »Was habt ihr eigentlich gegen sie?«

»Dauernd tigert sie am Strand hin und her und hält Ausschau nach wichtigen Leuten. Auf die von der Zeitung hat sie es besonders abgesehen. Uns geht sie ja nur auf die Nerven, wenn gerade Ebbe im Angebot herrscht. Na ja, am Sonntag reist sie ab. Dann ist der große Event auch vorbei«, sagte Kai.

»Die Modelschau?«

»Genau die.« Kai trank seine Latte macchiato aus. »Macht ihr auch mit?«

»Bist du blöd?« Holly und ich tippten uns an die Stirn.

»Warum? Johannas Chancen würden sich drastisch verringern, außerdem ist das Ganze bestimmt ein großer Spaß.«

Constantin, der die ganze Zeit geschwiegen hatte, sagte plötzlich: »Mann, das ist eine tolle Idee. Mimi, du siehst super aus, und Holly ist eine exotische Schönheit. Ihr beide würdet Johanna garantiert die Schau stehlen.«

»Sag ich doch. Aber du könntest auch mitmachen.« Kai kniff die Augen zusammen. »Und du auch, Carlos. Du gibst den perfekten Latin Lover.«

Wir brüllten los. Leider. Alle Köpfe wandten sich unserem Tisch zu und natürlich hatte Johanna uns gleich entdeckt.

Sie steuerte auf uns zu und kam wie immer sofort zur Sache. »Mimi, da bist du ja! Du denkst doch noch an das Interview? Heute ist Donnerstag. Es muss unbedingt morgen in der Zeitung stehen, denn am Samstag ist die Show. Also, wann hast du Zeit?«

»Wann hast *du* denn Zeit?« Sie hatte mich komplett überrumpelt.

»Jetzt«, sagte sie cool.

»Jetzt? Du kannst doch deinen Begleiter nicht einfach abhängen!«

»Die paar Minuten wird er wohl warten können«, meinte sie lässig.

»Na los, Mimi, ran an den Speck«, stichelte Kai.

»Bring es hinter dich«, sagte Carlos grinsend.

Gegen die Meute kam ich nicht an. Ich überlegte und fand, dass sich ein solches Interview als Einstieg zur Berichterstattung über die Modelschau ganz gut machen würde. Kurz entschlossen holte ich mein Notizbuch aus dem Rucksack. »O.k., Johanna, wir suchen uns einen ruhigen Winkel. Los, komm.«

»Muss noch rasch dem Typ Bescheid geben.«

Als Johanna fort war, fragte Holly: »Warum bleibt ihr nicht hier? Wir helfen dir, die richtigen Fragen zu stellen.«

»Nein, nein, den Spaß will ich alleine genießen.«

»Schade!«

Ich lachte und machte mich auf die Socken. Johanna und ich fanden ein Plätzchen in der Sonne, ich zückte den Stift, und bevor ich noch den Mund öffnen konnte, ratterte Johanna schon stolz ihre Maße herunter und spuckte weitere Infos aus. »Ich spreche drei Sprachen und meine Hobbys sind Golfen und Reiten.«

»Was? Du reitest sogar und spielst Golf? Hier habe ich dich aber nur am Strand gesehen.«

»Na und? Man kann nicht alles zur selben Zeit tun, oder?«, erwiderte sie keck.

»Seit wann reitest du denn?« Jetzt wollte ich es aber doch genau wissen.

»Seit ewigen Zeiten ...«, wich sie aus.

»Hast du ein eigenes Pferd?«

»Aber selbstverständlich!«

»Wie heißt es denn?«

»Äh ... Silberpfeil.«

»Dann ist es bestimmt ein Schimmel.«

»Ein Schimmel? Wieso soll das Pferd ein Schimmel sein?«

»Na, einen Rappen würdest du gewiss nicht Silberpfeil nennen. Dann schon eher Schwarzer Blitz oder Blacky.«

»Ach, jetzt kapier ich! Klar, Silberpfeil ist ein Schimmel.«

Ich verdrehte die Augen. So wahr ich Mimi Muschalek heiße – wenn ich ein eigenes Pferd hätte, dann wüsste ich seinen Namen! Alles, was Johanna mir auftischte, war wohl mit größter Vorsicht zu genießen. Ich nahm mir vor, noch etwas weiterzubohren. »Wo steht dein Silberpfeil?«

»Na, im Stall!«

»Davon gehe ich aus.« Ich grinste aufmunternd. »Tut mir leid, ich habe die Frage nicht präzise gestellt. Für die Leser ist es bestimmt interessant zu wissen, ob deine Familie einen eigenen Stall besitzt. Das wäre natürlich der absolute Hammer. Wer kann sich schon einen eigenen Stall leisten!«

Johanna schaute mir lächelnd in die Augen. »Der eigene Stall ist für mich eine solche Selbstverständlichkeit, dass ich überhaupt nicht mehr darüber nachdenke.«

»Wow! Dann habt ihr bestimmt noch mehr Pferde, oder?«

»Nnnein, leider nein.« Johanna verzog das Gesicht. »Weißt du, nachdem meine Mutter diesen Reitunfall hatte, verkaufte mein Vater alle übrigen Pferde.«

Na super, Johanna hatte garantiert zu viele schlechte Pferdebücher gelesen.

»Wie schrecklich. Das muss ja ein entsetzliches Unglück gewesen sein.«

»O ja. Ich möchte auch nicht darüber sprechen.«

Ich spielte die Mitfühlende und bedauerte, dass

mir nicht auf Befehl ein Tränchen über die Wange rinnen konnte. Das hätte der Schnulzenstory so richtig Pep verliehen. Ich seufzte tief und wechselte das Thema.

»Golf spielst du bestimmt schon seit deinem zehnten Lebensjahr!«

»Um ehrlich zu sein, damit habe ich erst hier angefangen.«

»Du hast eine Trainerstunde gebucht?«

Johanna machte große Augen. »Woher weißt du das?«

Ich hatte genug von Johannas Lügenmärchen. Mir riss der Geduldsfaden und ich fauchte – was natürlich völlig unprofessionell war: »Mensch, Johanna, dann spielst du doch nicht Golf, dann lernst du es erst!«

»Man muss den Leuten doch nicht alles so genau auf die Nase binden«, entgegnete sie cool. »Außerdem schadet es nichts, wenn ich die Wahrheit ein bisschen lifte, stimmt's?«

Ich schluckte. »Das Blöde daran ist, dass die Angebereien meistens rauskommen. Aber das ist dein Problem.« Was könnte ich denn noch fragen? Mir fiel nichts mehr ein, aber Johanna brauchte keine Hilfe. »Die Leser interessieren sich bestimmt dafür, was ich für mein Aussehen tu.« Mensch, darauf wäre ich nie gekommen! »Also, ich jogge täglich, ich esse Obst und Gemüse in rauen Mengen, ich rauche nicht, trinke keinen Alkohol –«

»Was? Ich habe doch selbst gesehen, wie du –«

»Einmal ist keinmal!«, unterbrach sie mich. »Und natürlich benutze ich nur erstklassige Produkte für meine Haut. Meine Haare wasche ich mit Babyshampoo, anschließend spüle ich sie mit Kamillentee. Das zaubert den besonderen Glanz hinein.«

Johanna war besser als alles, was ich hätte erfinden können. Ich schrieb auf Teufel komm raus und überlegte mir fieberhaft eine extratückische Frage. »Hast du sonst noch Studienobjekte? Interessen?«

»Was zum Beispiel?«

»Irgendetwas außer Schönheit oder Sport.«

»Ist das zu wenig? An was denkst du denn?«

»An irgendetwas Intellektuelles. Es kommt immer gut an, wenn man den Lesern geistige Anregungen gibt.«

Johanna runzelte die Stirn. »Tja, so spontan fällt mir da gar nichts ein ... die Frage kommt etwas unerwartet.«

»Du sagtest, du würdest im kommenden Jahr Abitur machen«, erinnerte ich sie. »Was magst du denn am liebsten? Sprachen oder Mathe oder Kunst?«

»Kunst und Musik natürlich!«, rief Johanna. »Ich singe auch!«

»Du bist ja unglaublich vielseitig! Gibt es denn etwas, was du nicht kannst?«

Johanna lachte geschmeichelt. Sie beugte sich vor und sagte vertraulich: »Ich habe mich für den Ballettunterricht angemeldet. Weißt du, mein größter Wunsch ist es nämlich, Musical-Star zu werden.«

»Wie? Vor ein paar Tagen hast du noch gesagt, du wolltest Kunstgeschichte oder Architektur studieren. Kann aber sein, dass ich mich irre.«

Ich wusste genau, dass sie das gesagt hatte. Trotzdem schüttelte sie den Kopf. »Du irrst dich. Wahrscheinlich verwechselst du mich mit jemand anderem.«

Mir blieb die Spucke weg. »Vielleicht«, brachte ich mühsam heraus und stand auf. »Du hast mir eine Menge Material geliefert. Mal sehen, ob meine Zeitung an dem Artikel interessiert ist. Ach, das habe ich ganz vergessen: Wo wohnst du eigentlich?«

»Auf Sylt? Im Hotel *Stadt Hamburg* in Westerland natürlich. Wo sonst?«

Klar. Wo sonst. Man hat »natürlich« nur die beste Adresse, dachte ich. »Du musst ziemlich viel Knete haben. Hotel *Stadt Hamburg*, eigenes Reitpferd, eigener Stall, Ballettunterricht, Golf –«

»– und Gesangsunterricht«, erinnerte sie mich. »Nur kein Neid, Mimi! Tschüss dann, mein Typ wartet!«

»Halt, Johanna!«

»Was ist denn noch?«

»Ich schreibe doch für meine Zeitung zu Hause! Soll ich dir den Artikel nicht schicken?«

Johanna zögerte einen Moment. »Aber klar!«, sagte sie dann.

»Dann gib mir mal eben deine Adresse, ja?«

»Johanna Werner, Raffstraße 13, Wiesbaden. Jetzt muss ich aber los, Mimi!«

Ich rannte zu Carlos und den anderen.

»Na, wie war sie?«

»Ich fass es nicht! Spricht drei Sprachen, hat Gesangsunterricht, lernt Golf und Ballett *und* hat ein eigenes Pferd samt eigenem Stall! Wenigstens behauptet sie das.«

Holly und die Jungs schauten mich entgeistert an.

»Sie wohnt in Wiesbaden, genau wie du, Constantin.«

»In Frankfurt wohnt sie«, verbesserte er mich.

»Wiesbaden, Raffstraße 13«, las ich vor.

Constantin schüttelte den Kopf. »Raffstraße, hast du gesagt? Das ist aber keine angesagte Wohngegend.«

»An deiner Stelle würde ich die Adresse nachprüfen«, meinte Holly. »Hat sie dir gesagt, wo sie auf Sylt wohnt?«

»Hotel *Stadt Hamburg,* Westerland.«

Dirk und Kai wieherten vor Lachen. »Sie wohnt auf dem Kampener Zeltplatz! Wir wissen sogar, wo ihr Einmannzelt steht! Mensch, die hat dich aber ganz schön angeschmiert!«

»Das wird auch nicht die einzige Falschmeldung gewesen sein«, vermutete ich. »Hat einer von euch ein Handy?«

Constantin griff in die Hosentasche, reichte mir seines und Holly ratterte die Nummer herunter. Zwei Minuten später wussten wir, dass Johanna tatsächlich nicht im Hotel *Stadt Hamburg* wohnte.

»So eine Lügnerin!« Ich klappte das Notizbuch zu und steckte es in den Rucksack. »Und was machen wir jetzt?«

»Wir fahren zum Flughafen und melden uns zur Modelschau an«, erklärte Holly prompt. »Wir haben schon alles besprochen. Die Jungs machen auch mit.«

»Ihr spinnt total!«

»Klar spinnen wir, aber der Spaß ist's wert«, versicherten Dirk und Kai. »Und du gibst jetzt nicht den Spielverderber, Mimi.«

»Müsst ihr denn nicht auf den Strand aufpassen?«

Die beiden winkten ab. »Kein Problem. Wir lassen uns von zwei Kumpels vertreten.«

»Carlos! Constantin! Wollt ihr euch wirklich in dieses Abenteuer stürzen? Sagt, dass ihr das nicht wollt!«, flehte ich.

»Es war schon immer mein größter Wunsch, als Dressman groß rauszukommen«, versicherte Carlos und zwinkerte mir zu. »Mimi, du kneifst jetzt nicht, o.k.?«

Dreierlei Klamotten?!

Dirk und Kai hatten ebenfalls die Räder dabei, und so kam es, dass wir wenige Augenblicke später an Albrechts Häuschen vorbei in Richtung Westerland fuhren. Gerade als wir an der Ampel darauf warteten, dass wir links abbiegen konnten, fiel mir ein, dass ich meinen Rucksack neben dem Stuhl hatte stehen lassen. »Ich muss sofort zurück!«, schrie ich. »Radelt schon mal vor, ich bin gleich wieder bei euch!«

»Kommt nicht infrage, wir warten auf dich«, versicherten alle.

Zum Glück hatte ein freundlicher Mensch meinen Rucksack gut sichtbar auf den Tisch gestellt. Erleichtert checkte ich kurz den Inhalt ab: Pulli, Geldbeutel, Fotoapparat … Wie es schien, war alles noch vorhanden. Die berühmte Zentnerlast fiel mir vom Herzen, ich düste los, winkte und brüllte schon von Weitem: »Alles in Ordnung!«

Der Flughafen liegt östlich von Westerland und Wenningstedt und hat eine bewegte Geschichte, wie uns Holly berichtete.

»Im Sommer 1913 landete das erste Flugzeug, aber es dauerte noch bis nach dem Ersten Weltkrieg, dass Badegäste und die Post befördert wurden – auf unbefestigten Start- und Landebahnen. 1919 gab es die ersten Linienflugverbindungen zwischen Berlin, Hamburg und Sylt, aber 1939 schlug der Krieg zu und das Areal wurde zu einem Fliegerhorst ausgebaut. Seit etwas über dreißig Jahren wird der Flughafen aber nur noch zivil genutzt.«

Wir hatten Rückenwind, standen nach einer guten halben Stunde vor dem Flughafengebäude und trabten zum Infoschalter.

»Wir möchten uns zur Modelshow am Samstag anmelden«, erklärte Holly.

»Da seid ihr bei mir falsch«, antwortete die Frau gelangweilt. »Treppe hoch, dann links und den Gang entlang.«

»Wie weit?«

»Bitte?«

»Wie weit geht es den Gang entlang? Bis zum Ende?«

»Tür steht auf.«

»Sind Sie immer so freundlich?«, fragte Holly unbeeindruckt und drückte die Nase gegen die Glasscheibe. »Wir haben so eine tolle Insel und Sie vermitteln ein so mieses Image. Ts, ts, ts ... Wenn Sie die Gäste vergraulen, können wir die Hotels schließen. Das wissen Sie doch, oder?«

Ich zupfte Holly am T-Shirt. »Komm schon.«

»Moment, Mimi.« Sie wandte sich wieder der Frau hinter der Scheibe zu. »Ich will Ihnen mal was sagen: Meine Mutter hat eine Pension in Wenningstedt. Wir sind auf unsere Gäste angewiesen, kapiert? Ich werde mich bei unserer Gemeindeverwaltung über Sie beschweren. Name?« Sie drückte wieder die Nase platt, um die Schrift auf dem

Schildchen lesen zu können, das die Frau am linken Busen trug. »Simone Momann. Alles klar.«

»Das ist ja so was von peinlich«, flüsterte Constantin neben mir.

»Finde ich auch«, bestätigte Holly lautstark. »Da schuftet man Tag und Nacht, um seine Gäste zufriedenzustellen, und dann das!«

Der Frau blieb die Spucke weg.

Oben an der Treppe fiel Holly Constantin um den Hals. »Du hast mir ein super Stichwort geliefert! Das hat der Tussi den Rest gegeben, schätze ich.«

»Ich ... du hast mich falsch verstanden«, stotterte Constantin. »Wie du dich aufgeführt hast – das war mir peinlich!«

»Weiß ich doch!« Holly strahlte. »Aber die wird meinen Auftritt so schnell nicht vergessen!«

Die blonde Frau, die für die Partyveranstaltungen zuständig war, war cool und professionell. »Klar könnt ihr euch noch anmelden«, sagte sie und es klang so, als sei sie froh über uns. »Tatsache ist, dass die Sache ziemlich schleppend läuft. Bis jetzt haben wir einen männlichen Bewerber und sechs weibliche, davon sind fünf noch nicht sicher. Ihr seid mir eine willkommene Bereicherung.«

»Es gibt bis jetzt nur einen einzigen männlichen Bewerber?«, wiederholte Constantin erschrocken.

»Hast wohl gehofft, du könntest dich in der Menge unsichtbar machen, was?« Kai grinste frech. »Nichts da. Bei nur fünf Personen schaut man jeden ganz genau an!«

»Ich ziehe meine Bewerbung zurück«, verkündete Constantin.

»Kommt nicht infrage. Du hast Ja gesagt«, widersprach Holly. »Nicht wahr, Carlos, ein Versprechen muss man halten.«

»Im Allgemeinen schon. Aber das hier ist ein spezieller Fall.«

»Mensch, Carlos, ich baue auf deine Unterstützung und erwarte nicht, dass du mir in den Rücken fällst!«, protestierte Holly.

Die Blonde räusperte sich. »Könntet ihr euch vielleicht später einigen?«

»Wir sind uns einig«, versicherte Holly. »Wir brauchen nur noch die näheren Infos, dann ziehen wir ab.«

»So schnell geht es nun auch wieder nicht! Ihr müsst die Anmeldeformulare ausfüllen. Braucht ihr was zum Schreiben?«

Wir schauten ziemlich belämmert auf die von uns verlangten Angaben. »Woher soll ich wissen, wie groß mein Brustumfang ist? Und meine Taille? Ich dachte, nur Mädchen haben so was!«, klagte Kai.

»Mogeln gilt nicht«, rief uns die Blonde zu. »Es wird zwar alles nachgemessen, aber wenn die Angaben zu weit auseinanderliegen, wird der Bewerber disqualifiziert!«

Constantins Gesicht leuchtete auf. Er kritzelte rasch ein paar Zahlen aufs Blatt und schob es sofort über den Tisch. »Ich bin fertig!«

»So geht das nicht, Constantin!« Holly schnappte sich das Blatt. »Haben Sie ein Zentimetermaß für uns? Wir haben unseres leider zu Hause liegen lassen.«

»Die Waage auch?«, wollte die Blonde wissen.

»Leider ja. Wissen Sie, es ist ein dermaßen unhandliches Gerät, dass es sich schlecht auf dem Radgepäckträger transportieren lässt«, gestand Holly in vertraulichem Ton. »Schade, dass Sie kein Namensschildchen tragen. Ihre Kollegin unten –«

»Ich heiße Priska. Was kann ich noch für euch tun?«

»Haben Sie eine Waage oder haben Sie keine, Priska?«

Priska lachte, zog eine Schublade an ihrem Schreibtisch auf und präsentierte uns ein Uraltmodell. »Wenn euch das angezeigte Gewicht komisch vorkommt, zieht einfach ein paar Kilogramm ab«, riet sie. »Am Samstag könnt ihr immer noch sagen, ihr hättet unkontrolliert zugenommen.«

»Alles klar. Mimi, du machst den Anfang.«

Die Gewichtsangaben waren dermaßen abenteuerlich, dass wir uns auf folgende Staffelung einigten: Holly schrieb neunundvierzig Kilogramm, weil wir fanden, runde Zahlen würden manipuliert aussehen, ich einundfünfzig, Kai fünfundfünfzig, Dirk siebenundfünfzig, Carlos neunundfünfzig und Constantin, der von allen der Längste war, schrieb neunundfünfzigeinhalb.

Mit dem Maßband arbeiteten wir genauer. »Ich bin kitzlig«, brüllte Dirk und bog sich vor Lachen.

Carlos und Constantin blieben einigermaßen normal, aber Kai stolzierte wie ein Hahn herum, bewegte die Arme auf und ab und krähte: »Ich bin ein Partyvogel, ein echter Partyvogel, kikeriki!«

»Der ist komplett übergeschnappt«, stellte Holly fest und füllte die Kästchen mit Fantasiezahlen. »So, Priska, das wär's. Jetzt brauchen wir nur noch die allgemeinen Infos. Wann sollen wir am Samstag antanzen? Und wie? Mimi und ich im Bikini und die Jungs im knappen Tanga?«

Constantin wurde blass und auch Carlos sah reichlich besorgt aus.

»Ich organisiere Schwimmwesten für euch«, bot Kai an. »Es ist ein Allzweckkleidungsstück: Es verbirgt mangelnden Haarwuchs auf der Brust, es kaschiert fehlende Muskeln, verdeckt zuverlässig alle Pickel und man sieht einfach immer angezogen damit aus. Leider haben wir nur welche in Orangerot.«

Priska krauste die Nase. »Sagt mal, seid ihr nicht die Baywatch-Jungs vom Kampener Strand?«

»Endlich!« Kai und Dirk strahlten. »Priska, wir haben eine Wette abgeschlossen: Wie lange dauert es, bis du uns erkennst? Ich habe auf eine Minute getippt, mein Freund und Kollege auf fünf. Wir haben leider beide verloren, du hast gute zwanzig Minuten gebraucht. Bist du tapfere Nichtschwimmerin? Wasserscheu und genant? Allergisch aufs Salz im Meer? Fürchtest du den hüpfenden und beißenden Sandfloh? Woran liegt es, dass du uns erst so spät erkannt hast?«

»Ich bade in Westerland«, erklärte Priska lachend.

»Nordsee oder Hallenbad?«, erkundigte sich Dirk sofort.

»Im Sommer da, im Winter dort.«

»Pfff!« Dirk und Kai schlugen die Hände zusammen. »Du hast den Test bestanden, Priska. Wenn wir –«

»Wenn wir den ersten Preis gewonnen haben, laden wir dich in die *Malabar* ein.«

»Was ist, wenn Carlos oder Constantin den ersten Preis gewinnen?«

»Dann laden Constantin oder Carlos dich ein. Und uns dazu, ist doch eine Selbstverständlichkeit!«

»Es gibt noch einen männlichen Bewerber«, sagte Constantin plötzlich. »Was ist, wenn er den ersten Preis kassiert?«

»Also das lass nur meine Sorge sein!« Priska lachte. »Der Junge ist mein Freund. Was glaubt ihr, wie lange es dauerte, bis ich ihn so weit hatte, dass er sich zum Wettbewerb angemeldet hat?!«

Priska drückte uns endlich die Infoblätter in die Hand. »Wenn sich bei euch noch was ändern sollte, ruft diese Nummer an, ja? Und lest alles sorgfältig durch. Ihr braucht dreierlei Klamotten. Also passt auf, dass ihr nicht was Wichtiges vergesst.«

»Dreierlei Tangas?«, spottete Holly. »Mimi, Jungs, wo machen wir uns schlau?«

»In der *Malabar*, ist doch klar. Zuerst möchte ich aber die Halle sehen. Geht das jetzt, Priska?«, fragte ich.

»Tut mir leid, die ist geschlossen. Ihr müsst euch schon bis Samstag um 19 Uhr gedulden.«

Ein Traum von einer Karriere!

Eigentlich war es ein ausgemachter Blödsinn gewesen, jetzt noch bis zur *Malabar* zu radeln. Weil wie befürchtet kein freier Stuhl zu finden war, setzten wir uns in den Sand.

»So, jetzt wollen wir uns die Ausschreibung mal genauer ansehen«, sagte Carlos. »Aha, es werden männliche und weibliche Talente gesucht. Talente wozu?«

»Du darfst nicht nur deinen Luxuskörper, sondern auch deine Ausstrahlung vor dem Publikum unter Beweis stellen«, antwortete Kai. »Kann mir mal jemand sagen, wie stark meine Ausstrahlung ist? Strahle ich euch alle an die Wand?«

»Quatsch. Ich strahle heller als du!« Dirk bleckte die Zähne. »Cheeeese!«

»Es reicht nicht, nur Cheese zu sagen. Du musst schon den ganzen Körper strahlen lassen«, meinte Carlos. »So etwa!« Er stand auf, stellte ein Bein graziös vor das andere und stemmte die Hände in die Hüften. »Na, wie ist das?«

»Unmöglich. Du siehst aus, als wärst du ein Leichtgewicht, das einen gewieften Boxer mimt. So musst du es machen!« Kai stellte sich in Positur und lächelte gewinnend. »Das ist besser, was?«

»Moment mal.« Ich hatte zwei, drei Sätze weitergelesen. »Jetzt weiß ich, wozu die Models gesucht werden. Eins steht fest: Es handelt sich nicht um Zahnpasta.«

»Wie schade!«

»Die wollen jemand für eine neue Gesichtscreme.«

»Echt? Und wie wär's mit Rasierwasser?«, fragte Carlos. »Ich meine, in meinem ganzen Leben habe ich mir noch keine Creme ins Gesicht geschmiert.«

»Nicht mal Sonnencreme?«, warf Holly ein.

»An meine Haut lasse ich nur Wasser und Seife«, zitierte Carlos einen bekannten Werbeslogan.

»Kein Wunder, dass deine Gesichtshaut nicht strahlt«, stellte Dirk fest. »Also ich verwende täglich das ganze Programm.«

»Und das wäre, Dirk?«

»Na, was halt alles so dazugehört!«

»Der Kerl hat keine Ahnung!« Holly grinste. »Mimi, was hast du noch gelesen?«

»Hört zu, der Clou ist, dass die Gewinner und die Zweit- und Drittplatzierten nicht nur in die Modelkartei aufgenommen werden, nein, sie werden auch zu einem Casting nach Berlin eingeladen.« Ich schaute Carlos an. »Da waren wir noch nie. Carlos, wir müssen die Preise gewinnen.«

»O.k., ihr gewinnt und wir fahren gemeinsam«, sagte Kai. »Was ziehen wir am Samstagabend an? Ich muss das wissen. Vielleicht muss ich mich in Ausgaben stürzen und einen neuen –«

»Sag bloß, du hast keinen schicken Tanga«, spottete Holly.

»Hey! Hört doch mal zu! Jetzt kommt es knüppeldick!«, rief ich und ließ das Blatt sinken. »Aus der Traum. Ich hab nichts anzuziehen.«

Holly riss mir das Blatt aus der Hand und las: »›Beim Pre-Casting‹ – hä?«

»Vorentscheidung heißt das«, half Constantin aus.

»O.k. ›Beim Pre-Casting, das gegen 22 Uhr beginnen wird, stellen sich die Bewerberinnen und Bewerber erst mal in lässigem Outfit vor. Jeans und T-Shirt sind angesagt.‹« Holly lachte. »Mimi, da kannst du noch mithalten, was?«

Ich nickte und Holly las weiter. »›Wer in der Freizeitkleidung nicht überzeugt, scheidet aus. In der nächsten Runde zeigen sich die Kandidatinnen und Kandidaten in gehobener, aparter Freizeitkleidung.‹« Holly runzelte die Stirn. »Kann mir mal jemand sagen, was eine gehobene, aparte Freizeitkleidung ist? Constantin, das musst du doch wissen.«

»Wie wäre es mit einem kleinen pastellfarbenen Kaschmirpulli samt Perlenkette und Ohrstecker? Dazu würde ein rehbraunes Lederhöschen passen oder ein luftiges Röckchen aus leichter Seide. Auf Sylt wäre ein klassisches, britisch inspiriertes Twinset allerdings auch nicht falsch.«

»Mensch, Constantin! Bist du in der Modebranche?«

»Nein.« Er feixte. »Lesen bildet«, spottete er. »Ich blättere gerne die Hochglanzmagazine meiner Mutter durch. Da entdecke ich manchmal Sätze wie zum Beispiel …« Er schloss die Augen und leierte: »Das Minikleid im Boxerstil mit schwingendem Stufenvolant ist aus mohnrotem Seidensatin mit kleinen Plexiglasringen an den Säumen. Es hat vorne einen Reißverschluss, der unbedingt offen getragen wird. Das Outfit wird komplettiert durch kurze pinkfarbene Leggings.«

»Constantin! Du bist ja überhaupt nicht so langweilig, wie ich dachte!«, rief Holly begeistert.

Constantin wurde rot. »Wieso? Jemand, der Klassiker liest, ist doch von vornherein ein Loser, oder?«

»Das hast *du* gesagt«, verteidigte sich Holly und hob das Blatt vor die Augen. Sie räusperte sich. »›In der Endausscheidung präsentieren sich die Favoritinnen und Favoriten schließlich und endlich –‹«

»Hüllenlos. Ich habe es geahnt«, sagte Kai.

»Quatsch: im Badeanzug oder Bikini. Von einem Tanga ist keine Rede und von hüllenlos auch nicht. Das wär's also. Habt ihr die Klamotten?«

»Jeans, T-Shirt und Badeanzug sind kein Problem. Die gehobene, aparte Freizeitbekleidung macht mir allerdings Kopfzerbrechen. Mimi, an die haben wir beim Packen einfach nicht gedacht. So ein Pech aber auch«, spottete Carlos.

»Ich kann dir ein Hemd und eine passende Hose leihen, Carlos«, sagte Constantin völlig unerwartet. »Und meine Mutter hat bestimmt etwas für dich im Schrank, Mimi.«

»Mensch, das wäre echt edel von deiner Mutter«, meinte Holly. »Es ist nämlich so, Mimi ... Also ich habe eigentlich nur das Übliche, Jeans und so. Ich muss selbst an den Schrank meiner Cousine, und wenn sie hört, dass gleich zwei Leute was von ihr ausleihen wollen, bekommt sie die Krise.«

»Dann ist ja alles paletti. Bis aufs Wichtigste natürlich. Was winkt den stolzen Gewinnern? Nur die Aufnahme in die Modelkartei?«

»Bist wohl ein Kandidat für galoppierenden Gedächtnisschwund? Mann, da ist die Fahrt nach Berlin! Auf die sind wir scharf, nicht wahr, Mimi?«, rief Carlos. »Überhaupt wäre die Aufnahme in die Modelkartei viel zu wenig: Wer beweist uns denn, dass die Karteikarten mit unseren Namen nicht einen Tag später im Papierkorb landen?«

»Stimmt«, sagte Holly verblüfft.

»Und wenn schon: Der Spaß ist die Sache wert!« Kai half Dirk auf die Beine. »Kommt, der Abend hat gerade erst angefangen. Wir zeigen euch die tollste Disco von Westerland.«

»Mensch, in diesen Klamotten gehe ich in keine Disco«, rief Holly.

Ich pflichtete ihr bei, denn ohne passendes Outfit und ohne Schminke sieht man so richtig alt aus neben den anderen.

Deshalb trennten wir uns an der Promenade. Dirk und Kai ließen sich die Disco nicht nehmen, Constantin radelte nach Keitum, Holly nach Wenningstedt, und Carlos und ich lehnten uns an die Mauer vor Sylts größter Sonnenterrasse, wie die Promenade genannt wird, und schauten aufs Wasser hinunter.

Es war noch immer nicht richtig dunkel, dennoch war das Meer tintenblau. Die Wellen liefen weiß und träge auf den Strand, der Wind trug Gesprächsfetzen und Musik herüber und ich dachte darüber nach, was ich an diesem Donnerstag alles erlebt hatte. Das Wichtigste war, dass Carlos und ich den Schietkram bereinigt und uns versöhnt hatten.

»Ich bin froh, dass Constantin so schnell die Kurve gekriegt hat«, sagte ich leise.

Carlos zog mich an sich. »Da täuschst du dich, Mimi«, entgegnete er. »Er zeigt nur nicht, wie sehr er verletzt ist. Das geht gegen seinen Stolz. Ich möchte nicht in seiner Haut stecken. Ganz bestimmt geht es ihm höllisch schlecht.« Carlos strich mir eine Haarsträhne aus dem Gesicht.

Wir standen ganz nah beieinander. Ich spürte, wie sein Herz klopfte, ich schloss die Augen – und als ich sie wieder öffnete, war es dunkel. Nur da, wo Meer und Himmel aufeinandertrafen, schimmerte ein heller Streifen.

Eine üble Überraschung

Als ich am Freitagmorgen in die Küche kam, war Albrecht bereits mit Noballs unterwegs, Märthe schimpfte, weil der Sand im Wasser den Filter der Kaffeemaschine verstopfte, und von Carlos war nichts zu sehen und nichts zu hören.

Gähnend griff ich nach der »Sylter Zeitung«, blätterte rasch durch den politischen Teil, überflog die »Meldungen aus Norddeutschland« und vertiefte mich in die Nachrichten von der Insel. Am Montag durften die Einwohner Lists ihre ausgedienten Möbel, die defekten Kühlschränke und das Altpapier zum Abtransport vor die Häuser stellen. In Morsum konnten sich Übergewichtige zum Erfahrungsaustausch über Diäten treffen, in Munkmarsch wurde ein entlaufener Hund gesucht, in Tinnum trafen sich morgens die Mütter und ihre Babys zum Schwimmen und für den Abend wurde ein Vortrag über Tibet angekündigt. In Kampen hielt sich ein bekannter Star samt seiner derzeitigen Monatsabschnittsgefährtin auf und Westerland wies alle Männer darauf hin, dass das bevorzugte Flirtrevier der Frauen – nein, nicht der Strand, sondern der Biergarten sei. Ich kicherte. »Hör mal zu, Märthe: ›Die Unterschiede zwischen Mann und Frau sind größer und dramatischer als gedacht. Wussten Sie, dass Frauen am liebsten im Biergarten, Männer jedoch am Strand flirten? Und können Sie mir sagen, wie beide zusammenkommen sollen, wenn sich der Biergarten nicht mitten im Sand befindet? Wir wissen es auch nicht und wären Ihnen für Ihre Tipps sehr dankbar. Biergarten und Strand sind aber leider nicht das einzige Problem: Viele Männer wissen nicht, wie sie eine Frau auf sich aufmerksam machen sollen. Statt Blumen der Dame einfach eine Qualle vor die Füße legen? Eine Sandburg bauen und sie mit dem Satz ›My home is your castle‹ einladen? Machen Sie mit! In den kommenden Tagen veröffentlichen wir an dieser Stelle die erfolgreichsten Tipps und Tricks.‹ Märthe, machst du mit?«

Märthe lachte. »Weißt du was, Mimi? Als ich so alt war wie du, wäre ich für Tipps und Tricks dankbar gewesen, die mir die Männer auf Abstand gehalten hätten!«

Auf der nächsten Seite entdeckte ich einen Artikel, der mich noch mehr fesselte. »Sylt und die Sylter – Geschichten aus der Geschichte« war die Überschrift, und was folgte, war die Story über den Mann, der zeit seines Lebens auf See gewesen war und allen Gefahren zum Trotz überlebt hatte – um dann, als er seinen Ruhestand genießen wollte, von der Flensburger Tram überfahren zu werden. Komischer Zufall, dachte ich, dass ausgerechnet die Geschichte, die mir vor Kurzem erzählt worden war, heute in der Zeitung stand. Ich runzelte die Stirn, blätterte weiter – und sprang auf. »Märthe!«

»Was ist?«

»Sieh nur, das ist Johanna! Und das«, ich überflog fieberhaft die Zeilen, »das ist genau das, was sie mir berichtet hat: eigener Reitstall, eigenes Pferd, Ballett- und Gesangsunterricht, drei Sprachen ... das gibt's doch nicht! Zwei solche Zufälle am selben Tag? Das ist unmöglich!«

»Lass sehen.« Märthe setzte die Brille auf und las halblaut: »›Ich habe einen Traum: Wie uns Johanna berichtet, nimmt sie am Samstag am Model-Wettbewerb teil. Doch ihr großer Traum ist es, Karriere als Musical-Star zu machen ...‹ Na und, Mimi? Was hast du gegen das Mädchen?«

Ich raste in mein Zimmer, schnappte den Rucksack und öffnete ihn mit zitternden Fingern. Mein Notizbuch! Wo war das Notizbuch? Der Pulli flog heraus, Geldbeutel, Fotoapparat und Kamm folgten, Lipgloss und Wimperntusche rollten unters Bett – und das war alles.

Ich rannte zu Carlos und rüttelte ihn wach. »Mein Notizbuch ist weg und jemand hat mit meinen Aufschrieben zwei Artikel fabriziert!«, schrie ich. »Wie kannst du nur so lange pennen! Steh auf und hilf mir!«

Ich konnte vor Wut kaum sprechen.

»Wie? Was? Ich versteh überhaupt nichts«, jammerte Carlos und quälte sich aus dem Bett.

»Komm in die Küche und schau's dir an!« Ich rannte wieder nach unten, um die Ungeheuerlichkeiten ein zweites Mal zu lesen.

In diesem Augenblick schrillte das Telefon. »Hey, Mimi«, sagte Constantin am anderen Ende, »hast du heute schon die ›Sylter Zeitung‹ aufgeschlagen und Johannas Bild entdeckt?«

»Ja. Das allein wäre noch gar nicht schlimm. Mein Notizbuch fehlt. Jemand muss es aus dem Rucksack geklaut haben.«

»Hast du den Inhalt gestern nicht –«

»Klar habe ich den Inhalt gecheckt«, unterbrach ich ihn. »Aber in der Eile ist mir entgangen, dass ausgerechnet das Notizbuch nicht mehr da war.« Ich heulte fast. »Constantin, das Ganze ist ja viel schlimmer, als du denkst! Jemand hat aus dem, was Johanna mir an Infos gab, einen Artikel gebastelt. Hast du die Trambahnstory gelesen? Die stand auch in meinem Buch.«

»Wirklich? Das ist ja die Höhe! Was sagt Carlos dazu?«

»Noch nichts, er ist gerade erst aufgestanden!« Jetzt heulte ich doch. »Constantin, was soll ich denn nur tun?«

»Nichts. Kann ich mit Carlos sprechen?«

»Der ist noch im Badezimmer!«

»O.k. In spätestens einer halben Stunde bin ich bei euch.«

Die halbe Stunde verging schrecklich langsam. Essen konnte ich nichts. Albrecht glänzte durch Abwesenheit und war infolgedessen keine Hilfe. Carlos nahm das Ganze gelassen, was aber kein Kunststück war, denn schließlich ging es ja auch nicht um sein Notizbuch. Eine gerade erst entdeckte geologisch-geomorphologische Verwerfung hätte ihn garantiert aus der Ruhe gebracht, aber leider handelte es sich nicht um jahrtausendealte und deshalb längst verjährte und zu Stein gewordene Todesfälle von Muscheln, Schnecken und Seelilien. Hier und heute handelte es sich um einen brandaktuellen Diebstahl, bei dem ich die Beklaute war, die man um die Früchte ihrer fast einwöchigen Inselforschung gebracht hatte.

Ich hielt es keine Sekunde an einem Fleck aus:

Wann endlich hatte Carlos gefrühstückt? Wann tauchte Constantin auf? Und warum ließ sich Albrecht immer gerade dann nicht blicken, wenn man ihn am dringendsten brauchte?

Wer hatte mein Notizbuch geklaut? Wer profitierte hier von meinen Notizen? Die letzte Frage war die einzige, die ich beantworten konnte: die Person, die die beiden Artikel geschrieben hatte. Wer war das? Ich studierte zum tausendsten Mal das Kürzel: JE. Die Buchstaben konnten alles Mögliche heißen. Mist aber auch!

»Schau doch mal, ob JE auch unter einem anderen Artikel auftaucht«, sagte Carlos.

»Gute Idee! … Nein, nirgends sonst. Nur unter diesen beiden.«

Allerdings fanden wir das Kürzel unter verschiedenen Artikeln, die während der vergangenen Tage erschienen waren. Die Info gaben wir an Constantin weiter, als er endlich angeradelt kam. Der Junge war nicht auf den Kopf gefallen, er fragte sofort weiter: »Gibt es eine Gemeinsamkeit der Beiträge? Ich meine Folgendes: Sind es Artikel über sportliche Ereignisse, über Konzerte oder Ausstellungen, über Sitzungen des Gemeinderats?«

»Letzte Woche schrieb dieser oder diese JE über ein Sommerfest im Kindergarten, dann folgt eine kurze Notiz über den 95. Geburtstag eines Berni Fichte, das Nächste ist die Eröffnung eines Juweliergeschäfts und schließlich das zehnjährige Jubiläum einer Kneipe. Nein, es ist eine bunte Mischung. Halt! Unter dem Bericht über deine Kindsrettung steht auch JE!«

»Dann«, folgerte Constantin messerscharf, »dann ist JE das Kürzel für Jens-UwE.«

Ich ärgerte mich, dass ich nicht selbst zu diesem Ergebnis gekommen war.

»Die Frage ist aber: Wie kommt JE an Mimis Notizbuch?«, fragte Carlos.

»Vielleicht hat JE zufällig beobachtet, wie ich Johanna interviewte, und als ich den Rucksack vergaß, das Notizbuch geklaut«, sagte ich. »Johanna war mit einem Begleiter da, erinnert ihr euch?«

»Es könnte auch ein Freund oder Bekannter von JE gewesen sein, der ihm zu einer Story verhelfen wollte«, sagte Constantin.

Ich schüttelte den Kopf, doch Constantin beharrte: »Warum kommt ihr nicht auf das Naheliegendste? Johanna könnte das Notizbuch gestohlen haben.«

»Klar, das habe ich mir auch schon gedacht, Carlos«, meinte ich. »Aber wozu? Hat sie die Artikel geschrieben? Nie und nimmer!«

»Warum ruft ihr nicht einfach bei der Zeitung an?«, schaltete sich Märthe ein und schüttelte den Kopf. »Wenn's einfach geht, muss man die Sache doch nicht unnötig kompliziert machen, oder?«

»Märthe! Warum hast du das nicht gleich gesagt?«

»Ich dachte, ihr drei Neunmalklugen würdet vielleicht selbst darauf kommen!«

»Sind wir aber nicht ... Carlos, du bist als der Lebensretter bekannt, du musst anrufen«, bat ich.

Gespannt hörten wir zu, wie er bat, mit Jens-Uwe verbunden zu werden.

»Worum es geht? Nur um eine Auskunft. Eigentlich ist es eine rein private Angelegenheit. Vor ein paar Tagen habe ich Jens-Uwe kennengelernt, nun wollte ich mich abends einmal mit ihm treffen.

Wann ist er denn zu erreichen? Heute nicht mehr? Auf Recherche. Ach, das ist aber schade. Grüßen Sie ihn bitte von Carlos. Ja und fast hätte ich es vergessen: Welche Person verbirgt sich denn hinter dem Kürzel JE? Ach, das ist Jens-Uwe! Genau, die Geschichte über den Seemann, der von einer Tram überfahren – ja ... Wo recherchiert er denn heute? Vielen Dank, da kann man nichts machen. Tschüss dann!«

»Wir haben alles mitgekriegt«, sagte ich niedergeschlagen.

»Tut mir leid, dass ich nicht mehr herausgebracht habe. Jens-Uwe ist zweifellos der Verfasser der Artikel, aber heute ist er unterwegs«, meinte Carlos bedauernd.

»Schietkram«, knirschte ich und hörte Noballs bellen. »Endlich!«

»Schon wieder full house?«, war Albrechts Kommentar. »Nein, stimmt nicht, Holly fehlt. Wohl noch beim Bettenmachen und Waschbeckenputzen und so. Was gibt es denn? Ihr seht so'n büschen schiet zupass aus?«

Wir klärten ihn auf und zeigten ihm die Zeitung.

Er verlangte eine Tasse Kaffee und las. Dann lachte er uns ins Gesicht. »Ihr seid wohl nicht gerade die talentiertesten Detektive, was? Die Sache hüpft einem ja ins Gesicht! Oder anders gesagt: Hier wird uns die Lösung auf dem Präsentierteller serviert!«

»Wie das? Kannst du uns das erklären?«

»Ihr werdet selbst dahinterkommen, ich muss euch nur ein wenig auf die Sprünge helfen.«

»Dann mal los, Mann!«, rief ich.

Die Sache machte Albrecht sichtlich Spaß. »Ihr

sagt, bisher schrieb JE nur ziemlich unbedeutende Meldungen.«

Wir nickten.

»Gut. Es waren Meldungen ohne Fotos, ja? Heute finden wir gleich zwei ausführliche Artikel samt Bild. Was sagt uns das? Es sagt uns, dass die Bedeutung von JE zunimmt. Warum nimmt sie zu? Weil JE gleich zwei interessante Infos verarbeitete: die eine von einem hübschen Mädchen, das auf der Insel Karriere machen möchte, die andere ist der tragische Bericht über den Tod eines Seemanns. Darüber hinaus kündigt er indirekt weitere Berichte an: ›Geschichten aus der Geschichte‹ nennt er es. Nicht schlecht. JE hat es zu einer eigenen Kolumne gebracht, er macht gerade Karriere bei seiner Zeitung.«

Wir warteten.

»Das Beste an der Sache aber ist, dass nur wir einen Zusammenhang zwischen den beiden Artikeln sehen. Entdeckt ihr ihn?«

Wir schüttelten die Köpfe. »Der Zusammenhang ist mein Notizbuch«, sagte ich langsam.

»Gut, Mimi! Und was folgerst du daraus?«

»Er hat es geklaut.«

»Nicht unbedingt. Es kann auch ganz legal in seine Hände geraten sein.«

»Jemand hat JE das Notizbuch gezeigt und gesagt, er habe es gefunden. JE nahm es dankend an, weil er nicht an dem Wahrheitsgehalt der Aussage zweifelte, und hat meine Aufschriebe verwendet«, kombinierte ich.

»So könnte es gewesen sein«, bestätigte Albrecht. »Die Frage ist also: Wer wusste von deinem Notizbuch?«

»Johanna!«, riefen wir.

»Johanna«, wiederholte Albrecht. »Ganz recht. Und Johanna hatte das größte Interesse daran, dass das Interview noch vor dem Samstag erscheinen würde. Eine bessere Publicity gibt es nämlich nicht. Schlau ist das Mädchen, sehr schlau. Und skrupellos.«

»Das ist sie! Wenn du wüsstest, welche Lügen sie mir über sich auftischte! Ich finde sie und verlange mein Notizbuch zurück. Dieses Biest! Die kann was erleben!«

Warnend hob Albrecht die Hand. »Du hast schlechte Karten, Mimi. Hast du einen Zeugen, der bestätigen kann, dass Johanna deinen Rucksack öffnete? Nein, hast du nicht. Also steht Aussage gegen Aussage. Es sei denn, du findest das Buch zwischen ihren Sachen. Wo wohnt sie denn?«

»Auf dem Zeltplatz!«

Albrechts Augenbrauen schossen in die Höhe. »Na dann! Obwohl –« Er studierte Johannas Bild in der Zeitung. »Du wirst das Notizbuch nicht in ihrem Zelt finden, Mimi. Wenn es – entgegen aller Vernunft – dennoch dort liegen sollte, kann sie natürlich immer behaupten, jemand hätte das Notizbuch in ihr Zelt geschmuggelt. Aber warum sollte das einer tun?« Er zuckte die Schultern.

Ich dachte nach. Dann stand ich auf. »Alles klar, Albrecht. Jens-Uwe ist irgendwo auf der Insel unterwegs, den werden wir kaum finden. Also beginne ich die Suche bei Johanna, auch wenn ich annehme, dass ich mein kostbares Notizbuch bei ihr nicht finden werde. Kann ich Noballs ausleihen?«

Albrecht nickte anerkennend. »Selbstverständlich. Ich an deiner Stelle würde ihn auch mitnehmen.«

»Warum? Und wozu?«, fragte Carlos verwirrt.

»Um Johannas Zelt zu finden. Und um sie zu erschrecken, falls sie anwesend ist«, antwortete Constantin grinsend.

»Seht ihr? Ich musste euch nur etwas auf die Sprünge helfen«, sagte Albrecht lachend. »Vergesst nicht, dass Hunde auf Sylt an der Leine zu führen sind, ja?«

Freiheit für Noballs!

Zu Fuß legt man die Entfernung vom Sjipwai bis zum Campingplatz in wenigen Minuten zurück, vor allem dann, wenn es einem fröhlich bellenden Noballs nicht schnell genug gehen kann. Wir standen schon am Eingang zum Platz, als Constantin Carlos und mich plötzlich zurückhielt. »Es gibt zwei Möglichkeiten«, meinte er stirnrunzelnd. »Entweder fragen wir, wo Johannas Zelt steht, oder wir erkundigen uns zuerst bei Kai und Dirk. Wenn ihr mich fragt – ich bin für die zweite Lösung.«

»Warum denn so umständlich?«, protestierte ich. »Wir werden auf jeden Fall gesehen. Und ich wette, es gibt jede Menge Leute, die uns später haargenau beschreiben können.«

»Was ist, wenn Johanna im Zelt ist?«

»Umso besser«, sagte ich voller Kampfeslust. »Das ist genau das, was ich mir wünsche.«

Carlos zögerte. »Ich würde die Sache lieber vorsichtig angehen«, meinte er und Constantin pflichtete ihm bei. »Schau, Mimi, es handelt sich nur um wenige Minuten Verzögerung. Nun komm schon. Wir fragen Kai und Dirk und dann pirschen wir uns ans Zelt ran. Je mehr Informationen wir haben, desto besser ist es doch.«

Widerstrebend gab ich nach. Zum Glück war die See ruhig. Es wehte zwar eine schwache Brise, aber weder der Wellengang noch ein unvermutet auftauchendes Ungeheuer brachte die Badenden in Gefahr, was bedeutete, dass Kai und Dirk gelangweilt vor ihrer roten Hütte herumlungerten und sich mächtig über unser Kommen freuten. Sie berichteten uns ausführlich von ihren Eroberungen in der Disco und wollten schließlich und endlich wissen, ob wir die Klamotten für den Laufsteg schon beieinanderhätten.

»Das muss noch erledigt werden«, erklärte Constantin. »Was wir euch fragen wollten – habt ihr Johanna heute schon gesehen?«

»Ja, in der Zeitung!« Die beiden lachten. »Mimi, da ist dir jemand zuvorgekommen, so ein Pech aber auch.«

Ich nickte und sagte cool: »Was heißt hier Pech? Pech ist, dass jemand meine Notizen klaute und daraus die Artikel bastelte. Wie findet ihr das?«

»Komm, das kann doch nicht wahr sein!«

»Es ist aber wahr«, sagte Carlos. »Wir fragen uns natürlich, wer Mimis Notizbuch genommen hat. Es kann nur –«

»Tatsache ist«, fiel ich ihm ins Wort, »Tatsache ist, dass ich gestern meinen Rucksack im Garten der *Silberkanne* vergessen habe. Das wisst ihr. Als ich ihn holen wollte, stand er nicht mehr neben, sondern auf dem Tisch, an dem wir saßen. Klar, ich habe ihn aufgemacht und nachgeschaut, ob alles noch drin ist – aber das habe ich nicht genau genug gemacht. Ich erinnere mich, dass ich den Pulli zuoberst gesehen habe. Eigentlich hätte aber das Buch oben liegen müssen, doch das, so dachte ich, konnte ja auch verrutscht sein. Erst heute früh, nachdem ich die Zeitung gelesen hatte, habe ich den Verlust bemerkt.«

Die beiden hatten aufmerksam zugehört. »Das ist aber eine verdammt blöde Geschichte«, sagte Kai. »Was habt ihr vor? Zur Polizei gehen?«

Noballs zerrte an der Leine.

»Quatsch. Wer wird schon gesehen haben, dass jemand einen fremden Rucksack geöffnet hat und mit einem kleinen schwarzen Buch abgezogen ist?!«

»Wart ihr schon in der *Silberkanne*?«

»Nein. Wir wollen zuerst mit Johanna reden, vielleicht weiß sie ja etwas«, antwortete Constantin. »Könnt ihr uns sagen, wo wir ihr Zelt finden?«

»Klar.« Bereitwillig beschrieben uns Dirk und Kai Johannas Unterkunft. »Ihr könnt es nicht verfehlen. Erstens ist es tiefblau, zweitens ziemlich alt – ich schätze, sie hat es gebraucht gekauft oder nur geliehen, drittens steht weder ein Stuhl noch ein Tisch davor, und viertens, das ist das Auffälligste, hat sie ein gelbes Tuch an eine Zeltstange gebunden.«

Kai stieß Dirk in die Rippen und äffte Johannas Stimme nach: »Ihr findet mich ohne Schwierigkeiten, ich habe ein Erkennungszeichen angebracht: Ein kleines Tüchlein flattert an der Stange, es ist gelb wie die Sonne und sagt: Hier wohnt Johanna!«

»Vielen Dank für die Auskunft!«

»Wer ist denn der Köter, den du da an der Leine hast, Mimi?«, wollte Kai wissen.

»Das ist Noballs. Jungs, ich hoffe, ihr habt mehr Glück im Leben als der Hund!«, sagte ich und gab Noballs' Geschichte zum Besten.

Die beiden bedauerten Noballs von Herzen und

nahmen uns das Versprechen ab, nach der Campingplatzaktion auf alle Fälle zurückzukommen.

Wir gingen also los und bummelten bald durch die Gassen zwischen den Wohnwagen und großen und kleinen Zelten. Schon von Weitem sahen wir das gelbe Tuch. Fröhlich flatterte es in der Brise.

»Der Reißverschluss ist zugezogen«, murmelte ich. »Entweder schläft sie noch oder sie ist ausgeflogen. Ran an den Speck!«

Jetzt musste Noballs seine Rolle spielen und für Verwirrung sorgen. Die vielen fremden, verheißungsvollen Gerüche reizten seine Neugier, mir glitt die Leine durch die Finger – ganz und gar unabsichtlich natürlich! – und er schoss davon. »Haltet ihn!«, riefen die Jungs. »Bello, komm zurück! Auf der Stelle kommst du zurück!«

Noballs hörte nicht auf den Namen »Bello«. Er rannte und rannte, stieß da einen Stuhl um und hier verfehlte er knapp einen Tisch, wir stolperten über Heringe und Zeltschnüre und riefen aus Leibeskräften nach »Bello«.

Immer wieder blieb Noballs stehen und schaute uns mit glänzenden Augen und einem Ausdruck entgegen, als wisse er genau, dass alles nur ein toller Spaß sei. Hatten wir ihn fast erreicht, jagte er bellend weiter. Zum Glück waren wir zu dritt. Es gelang uns schließlich, ihn in die gewünschte Richtung zu treiben, außerdem beteiligten sich inzwischen etliche Leute an der Verfolgungsjagd.

Noballs rannte auf Johannas Zelt zu, ich stolperte über einen Hering, fiel, hielt mich an einer Schnur fest, riss den vordersten Hering aus dem Sand und mit zwei schnellen Bewegungen auch den mittleren und hinteren, zog kräftig an der Schnur, das Zelt neigte sich und kippte zur Seite. Kein Laut drang aus dem Inneren, also war Johanna nicht da.

»Ich habe ihn!«, brüllte Carlos.

»Mimi, hast du dir das Knie aufgeschlagen?« Constantin beugte sich besorgt über mich und half mir auf.

»Ja, und es tut weh«, jammerte ich. Meine Vorstellung gelang mir so überzeugend, dass sich ein Mann sofort anbot, ein Pflaster zu holen.

»Nein, nein, das ist wirklich nicht nötig«, beteuerte ich. »Aber das Zelt – es ist ja furchtbar, dass das Zelt fast zusammengekracht ist!«

»Halte du den Hund fest«, sagte Constantin zu Carlos. »Wir bauen das Zelt schon wieder auf. Wenn du den Reißverschluss öffnest, Hanna, und die obere Stange hochhältst, klopfe ich die Heringe wieder ein und spanne die Schnüre.« Constantin zog einen Schuh aus.

»Ich hole euch meinen Gummihammer«, sagte einer der Umstehenden. »Wer wird denn seinen Schuh ruinieren wollen!«

»Das ist sehr nett von Ihnen«, lobte Constantin.

Während der Hilfsbereite den Gummihammer holen ging, kroch ich ins Zelt. Mich traf fast der Schlag: Alles hatte ich erwartet, totales Chaos, herumliegende Kleidungsstücke, einen zerknüllten Schlafsack, benutztes Geschirr und was nicht alles noch. Aber mit einer solchen Ordnung hatte ich im Traum nicht gerechnet: Tipptopp aufgeräumt war alles! Der Schlafsack war ordentlich ausgerichtet und aufgeschüttelt, an seinem Kopfende stand eine große Reisetasche, an der Stange hingen vier Bügel mit diversen Kleidungsstücken, und was das Ganze so lächerlich machte, war die dicke weiße Kerze im

Einmachglas. Die Arme konnte sich nicht mal eine anständige Campingleuchte leisten!

Ich öffnete die Reisetasche und checkte den Inhalt ab. Mein Notizbuch war nicht darin, dafür befand sich unter der Tasche noch eine Plastiktüte. Mist, darin lagen nur einige sorgfältig zusammengefaltete T-Shirts, die durch das Gewicht der Tasche wohl glatt gebügelt werden sollten.

Ich setzte mich auf die Fersen und blickte mich um. Wo würde ich Diebesgut verstecken? Na klar, im Schlafsack!

Ich zippte ihn gerade auf, als ich draußen den Mann fragen hörte: »Ist das Mädchen im Zelt?«

»Wie weit seid ihr denn? Kann ich die Stange endlich hochhalten?«, rief ich rasch.

»Einen Augenblick musst du noch aushalten, Hanna«, antwortete Constantin von außen. »Die Schnüre haben sich verwirrt!«

Ich fragte mich, wie der Junge nur auf den Namen Hanna kommen konnte. Aber clever war es von ihm, nicht meinen oder Noballs' richtigen Namen zu benützen, ehrlich!

Egal, ob es stimmte, dass sich die Schnüre verwirrt hatten, oder ob Constantin nur Zeit schinden wollte, ich fuhr mit der Hand in den Schlafsack. Leer. Aber – ich jubelte im Stillen: Außen befand sich eine kleine rechteckige Tasche, darin steckten ein Feuerzeug, eine angebrochene Schachtel Zigaretten und – mein Notizbuch!

»Ich bin schon längst so weit«, schrie ich und bemühte mich, den Triumph in meiner Stimme zu dämpfen.

»O.k., dann drück die Stange nach oben!«

Ich hörte ein paar dumpfe Schläge und Noballs'

begeistertes Bellen. »Alles paletti! Kannst rauskommen!«

Ich kroch nach draußen, strich die Haare glatt und zog den Reißverschluss sorgsam zu.

»Seht ihr, das ist der Grund, warum ich nicht in einem Hotel wohne«, meinte der hilfsbereite Mann in Trainingshose und Unterhemd. »Auf einem Zeltplatz ist immer was los!«

Das Notizbuch und die Netzstrümpfe

Kaum waren wir außer Sichtweite, fragte Carlos: »Nun sag schon, Mimi, wo und wie hast du das Buch gefunden?«

»Konntet ihr einen Blick ins Zelt werfen? Nein? Dann sage ich euch, dass Johanna die ordentlichste Person ist, die ihr euch vorstellen könnt. Nichts liegt herum, alles ist peinlich sauber. Nicht mal meine Tanten sind dermaßen penibel!«

»Das klingt zwar mächtig ungemütlich, hat dir aber die Suche erleichtert, oder?«, erkundigte sich Constantin.

»Genau.« Bis ich haarklein berichtet hatte, wie es in Johannas Zelt aussah und was in der kleinen Tasche am Schlafsack steckte, standen wir vor der roten Baywatch-Hütte.

»Und?«, fragte Kai gespannt.

Ich schwenkte triumphierend mein Notizbuch.

»Zehn Euro«, sagte Kai zu Dirk und hielt die Hand auf. Der jammerte: »Können wir das Geld nicht gemeinsam ausgeben? Wer verliert schon gerne ganze zehn Euro!«

Es stellte sich heraus, dass die beiden darum gewettet hatten, ob Johanna das Notizbuch geklaut und im Zelt hatte oder nicht.

»Jungs, ich lege noch zehn Euro drauf, dann können wir heute Abend gemeinsam feiern«, schlug Constantin vor.

»Bist du dermaßen flüssig?«, fragte Kai neugierig.

»Geht dich doch nichts an«, wies ihn Dirk zurecht. »Hauptsache, er rückt die Knete raus! Und nun berichtet mal, ja?«

Wir banden Noballs an der Hütte fest und warfen uns in den Sand. Die Sonne brannte, die See lag ungewöhnlich ruhig zu unseren Füßen und Kai ließ eine Cola-Dose herumgehen.

»Eines verstehe ich einfach nicht«, meinte Dirk. »Ich stelle mir vor, ich würde etwas klauen. Dieses Etwas würde ich einem anderen zuspielen, sodass derjenige auch einen Nutzen daraus ziehen könnte. Nun frage ich euch – warum sollte ich anschließend dieses Etwas wiederhaben wollen? Das wäre doch nur unnötiger Ballast, oder? Und noch dazu, wie in diesem Fall, ein Beweisstück? Nein, Leute, das macht keinen Sinn.«

Constantin strich sich das Haar mit dieser besonderen Bewegung aus der Stirn. »Zugegeben, mir ist Johannas Handlungsweise auch völlig schleierhaft. Nehmen wir an, sie hat Mimis Rucksack gesehen und geöffnet. Was hat sie darin gefunden? Kamm und Lippenstift hat sie selbst. Was ist mit dem Pulli, Mimi?«

»Alt, abgetragen und nur noch für Notfälle tauglich«, erklärte ich kurz und bündig.

»Der Fotoapparat?«

»Wenn sie den oder mein Geld geklaut hätte!« Ich verdrehte die Augen. »Undenkbar!«

»Sie nahm keine Wertsachen wie Geld und Fotoapparat«, fuhr Constantin fort. »Sie klaute das Notizbuch, gab die Informationen an Jens-Uwe weiter, behielt aber das Buch. Warum? Dafür muss es einen ganz besonderen Grund geben.«

»Tja, aber welchen?«

»Die wahren Abenteuer finden im Kopf statt«, zitierte ich. »Ich wette, wir kriegen raus, warum Johanna so und nicht anders handelte.«

»Zehn Euro?« Dirk hielt mir die Hand hin.

Wir lachten, Noballs bellte, ich stand auf, um die leere Dose in den Mülleimer zu werfen, und entdeckte den Grund für Noballs' Freude: »Holly und Albrecht!«

Die beiden stapften durch den Sand heran.

»Holly meinte, wir würden euch bestimmt hier finden«, rief Albrecht und wehrte Noballs ab, der an ihm hochspringen wollte. »Na, wie ist es gelaufen?«

»Super!«

»Warum habt ihr nicht auf mich gewartet?«, fragte Holly. »Ich bin mächtig sauer auf euch!«

»Ich war viel zu wütend, als dass ich hätte warten können, bis du alle deine Waschbecken geputzt und die Böden gewienert hast«, entgegnete ich und berichtete von der erfolgreichen Rückeroberung meines Notizbuchs. »Jetzt werde ich Johanna suchen und sie zur Rede stellen. Die kann was erleben!«

»Was erwartest du dir davon?«, fragte Albrecht.

»Was für eine Frage! Soll ich vielleicht so tun, als wäre nichts gewesen?«

»Überleg dir die Angelegenheit mal ganz nüchtern«, gab Albrecht zu bedenken. »Du kannst nicht beweisen, dass sie dein Notizbuch aus dem Rucksack, den du vergessen hattest, genommen hat. Viele Leute haben aber gesehen, dass du in ihrem

Zelt warst. Was ist, wenn sie behauptet, du hättest etwas Wertvolles geklaut? Schmuck zum Beispiel?«

»Das ist doch Quatsch! Ich halte ihr das Notizbuch unter die Nase und …«

»… sie sagt, sie hätte es nie zuvor gesehen.«

»Dann sage ich, dass es in der Tasche ihres Schlafsacks steckte.«

»Na und? Wer kann denn beweisen, dass du es nicht selbst dort verborgen hast? Oder, noch einfacher, dass es nie in ihrem Zelt war, sondern dass du es selber mitgebracht hast und nun einen Fall konstruierst, um sie anzuschwärzen? Nein, Mimi, du hast wirklich schlechte Karten. Aber da ist noch etwas«, fuhr Albrecht fort. »Holly berichtete, dass ihr alle an diesem verrückten Model-Wettbewerb teilnehmen wollt.«

Wir nickten.

»Tatsache ist, dass Johanna sich längst vor euch angemeldet hat. Was ist, wenn sie sagt, du schiebst ihr einen Diebstahl, den sie nie begangen hat, in die Schuhe, um sie in aller Öffentlichkeit schlechtzumachen? Und zwar so sehr, dass ihre Teilnahme an dem Wettbewerb eine Peinlichkeit für alle Beteiligten wäre und sie deshalb zur Absage gezwungen würde? Niemand mag eine Diebin um sich haben, Mimi.«

»Woher soll sie wissen, dass wir uns angemeldet haben?«, rief ich. »Ich will ja auch nur –«

Carlos legte mir die Hand auf den Arm. »Was Albrecht dir mitteilen will, Mimi, ist doch, dass du die Angelegenheit auf sich beruhen lassen solltest. Du hast das Notizbuch wieder, die Artikel schreibst du sowieso für die ›Tagespost‹, und was hier passiert ist, musst du einfach schnellstens vergessen.«

Störrisch schüttelte ich den Kopf. »Was Johanna tat, war unrecht. Das will ich ihr beweisen.«

»Wozu denn? Sie weiß es selbst. Vielleicht fühlt sie sich so richtig mies und würde das Ganze am liebsten ungeschehen machen«, warf Kai ein.

»Die?« Ich schnaubte. »Die denkt doch nur an das, was gut für *sie* ist und *ihr* nützt!«

»Ich schätze Johanna genauso ein, wie Mimi es sagt«, meinte Constantin unerwartet, aber sehr entschieden. »Ob wir sie durchschauen, ist ihr ziemlich gleichgültig. Selbstzweifel und Nachdenken über sich selbst finden bei ihr nicht statt.«

»Mensch, Constantin!«, sagte Holly fast ehrfürchtig. »Woher hast du das?«

»Der Mensch liest«, antwortete Albrecht an seiner Stelle. »Jeder Mensch macht nur eine bestimmte Anzahl von Erfahrungen in seinem Leben. Das ist gut so. Aber es ist auch gut, wenn man mehr weiß als das, was man selbst erlebt. Und das geschieht durch Lesen.«

Constantin nickte. »Stimmt.« Er schaute auf die Uhr und meinte: »Mimi, ich habe meiner Mutter von unserem verrückten Plan erzählt und auch, dass du keine gehobene, aparte Freizeitkleidung dabeihast. Sie würde sich freuen, wenn du heute Nachmittag zu ihr kämst. Vielleicht findest du etwas Passendes.«

»Oh!« Einerseits hatte ich ein edles, aber total altmodisches Twinset schon längst abgeschrieben und mich mühsam zum Kauf eines angesagten Hemdchens – nabelfrei natürlich – durchgerungen. Andererseits gefiel mir seine Mutter und erst recht die Story über ihren zwanzigsten Geburtstag. Damals, hatten Carlos und ich ja festgestellt, war sie offenbar eine richtige Wanda gewesen. Möglich, dass sie mir heute verriet, wodurch sie sich verändert hatte. »Kommst du mit, Carlos?«

»Zur Kostümprobe?« Er rümpfte die Nase. »Ist ein bisschen viel verlangt, Mimi. Ich bleibe lieber bei Kai und Dirk und spiele Baywatch. Vorausgesetzt, du denkst an den Schietkram.«

»Wird gemacht!«

»Komm nicht zu spät«, bat Albrecht. »Ich habe extra für dich einen alten Freund eingeladen, der dir eine Menge über die Insel berichten wird.«

»Alles klar! Tschüss!«

Als ich mit Constantin zu den Rädern ging, nahm ich meinen ganzen Mut zusammen. »Constantin, bist du noch sauer auf mich?«

Er wurde rot. »Sauer ist das total falsche Wort«, murmelte er. »Ich bin traurig, weil ich mich so hilflos fühle.«

»Hilflos?«, wiederholte ich verwirrt. »Das verstehe ich nicht.«

»Nein?« Er lächelte, aber das Lächeln war kein bisschen fröhlich. »Wer zu spät kommt, den bestraft das Leben. Ich bin leider zu spät gekommen. Du gehörst zu Carlos und daran ist nichts zu ändern. Punkt.« Er hob die Schultern. »Ich werde schon damit fertig, Mimi, keine Sorge. Es dauert noch ein bisschen, es tut weh, und wenn ich dich sehe oder neben dir stehe oder wenn mir so, wie jetzt, deine Haare ins Gesicht wehen, würde ich dich am liebsten in den Arm nehmen.«

Sein Gesicht wurde noch röter, als er sagte: »Von einem Mädchen, wie du es bist, habe ich immer geträumt.«

»Wie soll ich denn schon sein ...«

»Du tust nicht das, was alle tun. Du hast dir einen ganz eigenen Weg gesucht. Welches von den Mädchen, die so alt sind wie du, ist schon freie Mitarbeiterin bei einer Zeitung? Das bewundere ich an dir. Aber das ist noch längst nicht alles ...«

»Constantin, nun übertreib nicht so!« Resolut schob ich das Rad vorwärts. »Ich wünsche dir, dass du ein viel netteres Mädchen kennenlernst, als ich es bin!«

»Danke!«

»Bitte sehr, gern geschehen!« Ich reichte ihm die Hand. »Alles paletti?«

Er zögerte. »Schreibst du mir?«

»Klar! Und immer wenn ich auf Reisen bin, schicke ich dir eine besonders schöne Postkarte!«

Wir radelten nach Keitum. Constantins Mutter sonnte sich am Pool und war froh, Gesellschaft zu bekommen. Sie bewohnte mit Constantin ein Appartement: zwei Schlafzimmer samt einem Wohnzimmer, echt edel!

Leider waren ihre Klamotten ein Flop: nichts als Seidenblusen und Twinsets, modeltechnisch gesehen also total unbrauchbar. »Wie wäre es mit einer Shopping-Tour durch Keitum?«, fragte sie.

»Mama! Westerland wäre bestimmt geeigneter«, rief Constantin. »Denk doch an unser Alter!«

Susanne, ich nannte sie längst beim Vornamen, sah, dass ich zögerte. »Shopping-Tour ist gut, aber ich bezahle selbst«, sagte ich entschieden.

»Natürlich! Was dachtest du?«, meinte sie lachend. »Ich helfe dir, das Richtige auszuwählen, und wenn es ein bisschen teurer kommt, greife ich dir unter die Arme, o.k.?«

»Es darf ganz einfach nicht teurer kommen!«

Susanne hatte ein Auto, mit dem wir ruck, zuck in Westerland waren.

In der ersten Boutique gab es nur Fummel, die schrecklich aussahen, in der zweiten fanden wir einen dünnen Rock mit Volants und einem passenden Oberteil. Auf den Bügeln sah das gut aus, aber ich kam mir damit richtig verkleidet vor. Im dritten Geschäft entdeckte ich ganz hinten auf der Stange einen rot-weiß gestreiften Minirock samt Socken in denselben Streifen.

»Nicht schlecht«, fand Susanne. Wir wühlten uns durch die Pullis und Jäckchen. »Schau mal, die Farbe ist toll!« Es war ein nilgrünes Hemdchen mit ausgefransten Nähten und passte perfekt zu Rock und Socken. Leider war alles zusammen ziemlich teuer. Mist noch mal: Soll ich oder soll ich nicht? Ich kaufte das Outfit. Es war einfach zu schade, es einer anderen zu überlassen. Danach war ich pleite.

»Wie ist es mit Schuhen?«, fragte Susanne und zog mich über die Straße.

»Die habe ich«, antwortete ich entschieden.

»Gut, wenn du meinst. Sonst würde ich – Mimi, schau doch nur! Das wäre der ultimative Hingucker, was?«

Das Mädchen auf dem Reklamebild trug einen ähnlichen Mini, wie ich ihn gerade gekauft hatte, und dazu passende Socken – aber der Clou war, dass sie Netzstrümpfe darunter angezogen hatte.

»Diese Netzstrümpfe kaufe ich dir!« Susanne war hin und weg. »Keine Widerrede, ich bezahle!«

»Warum machst du das alles, Susanne? Du kennst mich nicht, wirst mich vermutlich nie mehr wiedersehen, also warum?«

Sie blieb stehen und schaute mich an. Richtig

ernst und nachdenklich und aufmerksam und so, dass ich merkte, es ist ihr wichtig, die Wahrheit zu sagen und nicht irgendetwas Hingeflipptes.

»Die Frage kann ich nicht mit einem einzigen schnellen Satz beantworten. Ich denke, wir kaufen zuerst die Strümpfe, dann setzen wir uns irgendwo hin, wo wir ungestört sind.«

»Super«, meinte Constantin. »Ich will auch noch was besorgen. Wo treffen wir uns? Im Bistro?«

Wir einigten uns auf die Uhrzeit und zogen los. Es war schwierig, Netzstrümpfe zu finden mit diesen extragroßen Löchern, wie sie das Mädchen auf dem Reklamebild trug, aber wir wurden fündig!

Später, im Bistro, bestellte Susanne sofort Tee für uns beide, fragte dann aber erschrocken: »Himmel, wolltest du vielleicht lieber etwas anderes? Diesen komischen Milchkaffee zum Beispiel?«

»Nein, Tee ist in Ordnung. Also: Warum hast du den Nachmittag geopfert und mir auch noch Strümpfe gekauft?«, fragte ich ohne Umschweife. »Wo ich mich doch Constantin gegenüber richtig mies benommen habe!« Ich verzog das Gesicht.

Es dauerte, bis sie in die Gänge kam. »Constantin hat mir alles erzählt. Na ja, ich finde, besonders glücklich ist es zwischen euch wirklich nicht gelaufen«, bestätigte sie. »Aber musstest du dir nicht erst mal über deine eigenen Gefühle klar werden?«

Ich nickte.

»Siehst du. Constantin und du, ihr hattet einen wunderschönen Abend, aber als ihr euch am nächsten Tag wieder getroffen habt, hast du ihm nichts vorgemacht. Du hast die Wahrheit gesagt und auch, dass alles dein Fehler war und dass es dir leidtut –

und damit war die Sache für dich gelaufen. Das fand ich gut.«

»Und Constantin?«

»Der leidet, klar, aber seinen Gefühlen kann man nicht so ohne Weiteres befehlen, wie sie zu funktionieren haben. Außerdem, ganz ehrlich, Mimi, eine Ferienliebe hat nicht viel Bestand. Die meisten wollen ein paar schöne Tage, dann trennt man sich und fährt mit seinen Erinnerungen nach Hause.«

»Stimmt.«

»Die Erfahrung hast du auch schon gemacht?«

»Ich habe meine Schwester in Hongkong besucht – sie hat dort nach dem Abi als Au-pair gearbeitet – und einen Jungen kennengelernt, von dem ich dachte, er sei meine große Liebe. Kurz bevor wir uns in Paris treffen wollten, mailte er mir, alles sei aus. Einfach so und ohne Grund. Danach wollte ich mich nie mehr verlieben.«

Susanne lächelte. »Auf die Erfahrung hättest du bestimmt gern verzichtet, was?«

»Klar. Meine Tanten verordneten mir zur Heilung meines Kummers eine Reise nach Chile. Dort lernte ich Carlos kennen. Er litt damals auch unter akutem Liebeskummer und wollte sich mit mir an seiner Exfreundin rächen. Na ja, ich bekam mit, dass seine Motive nicht die edelsten waren, und war mächtig sauer. Aber irgendwann hat es doch gefunkt.«

»Wie kommt Carlos von Chile nach Deutschland?«

Ich berichtete Susanne, dass er ganz in der Nähe meiner Heimatstadt Stuttgart studierte und dass wir schon mehrere Reisen zusammen unternommen hatten. »Aber in Marokko wäre es fast aus gewesen!« Eigentlich hatte ich ja Susanne ausfragen wollen, aber irgendwie kam es so, dass ich mehr erzählte als sie: sogar die Sache mit Wanda und dass wir sie, Susanne, ebenfalls Wanda genannt hatten.

»Jetzt bist du aber keine Wanda mehr«, stellte ich fest. »Wie ist das gekommen?«

»Wanda! Das gefällt mir!« Susanne bestellte noch einen Tee. »Ich war tatsächlich eine Wanda, aber ich meine, so eine Probierphase gehört einfach zum Leben dazu. Lässt man sie zur richtigen Zeit aus, muss man sie später nachholen, und dann kommt man oft nicht mehr aus ihr raus. So war es bei meinem Mann, der die männliche Variante der Wanda war – und auch blieb. Die Zeit mit ihm war nicht leicht, aber ich habe sie überlebt.«

»Wie denn?«

Susanne lachte. »Jemand hat mir mal einen echt blöden Spruch gesagt: ›Reicht dir das Leben eine Zitrone, mach eine Limonade daraus.‹ Daran habe ich mich gehalten und gedacht, dass Limonade besser und vor allem weniger langweilig ist als Wasser.«

»Den Spruch merke ich mir!« Ich zögerte. »Constantin hat uns gesagt, dass sein Vater erst vor Kurzem gestorben ist.«

»Stimmt«, antwortete Susanne knapp, ging allerdings nicht weiter darauf ein. Stattdessen bat sie um weitere Infos über Wanda.

»Die Wanda, die wir kennenlernten, war ein richtiges Miststück. Sie musste jedem Mann beweisen, wie toll und unwiderstehlich sie war, egal, ob er eine Freundin hatte oder nicht.«

»Das kommt mir bekannt vor.« Susanne lachte. »Solche Menschen gibt's. Das Problem ist eben, es mit ihnen auszuhalten, wenn man selbst anders ist.

Ich habe eine Freundin, die eine echte Wanda ist. Die ist mit einem Mann zusammen, der genauso ist. Das funktioniert.«

»Nein!«

»Doch, aber für mich wäre das nichts.«

»Selbstzweifel und Nachdenken über sich selbst finden nicht statt«, erinnerte ich mich.

»Wie?«

»Das hat Constantin gesagt.«

»Hat er da über seinen Vater gesprochen?«

»Nein, nein, wir haben uns nur ganz allgemein über die Johannas und Wandas unterhalten.« Aha, das war es also. Constantins Vater war eine männliche Wanda gewesen. Und darunter hatte nicht nur seine Mutter, sondern auch er zu leiden gehabt.

»Kommst du zum Model-Wettbewerb, Susanne?«

»Vielleicht, ich weiß es noch nicht.«

»Johanna wird siegen.«

»Da bin ich mir gar nicht so sicher«, meinte Susanne. »Allerdings kommt es natürlich darauf an, welchen Typ die Leute suchen: die lange Blonde, die Exotin oder jemanden, wie du es bist. Spannend wird es auf jeden Fall werden.«

Ich grinste. »Vor allem, weil ja auch die Jungs mitmachen!«

Walfang-Story und Eierkönig

Es war so spät geworden, dass Susanne mich mit dem Auto nach Kampen brachte und Constantin versprach, am Morgen mit meinem Rad zu uns zu fahren.

Albrecht saß mit seinem Freund Wulf Martin und Carlos bereits in der guten Stube.

»Da bist du ja endlich«, sagte Carlos. In seinen Augen konnte ich deutlich lesen: *Hast du Schietkram angerichtet?*

Ich schüttelte den Kopf und gab ihm einen schnellen Kuss. »Leider musste ich mir die passenden Klamotten doch noch kaufen. Susannes Angebot war einfach zu edel und deshalb gänzlich ungeeignet. Soll ich euch meinen Kauf mal vorführen?«

Die Männer lachten. »Wir sehen dich doch morgen Abend sowieso«, meinte Albrecht. »Wulf Martin und ich lassen uns das Spektakel nicht entgehen.«

»Heißt das, ihr kommt auch?«

»Wir und Märthe«, bestätigte Albrecht. »Sie will für Ohrstöpsel sorgen, weil sie meint, eure Krachmusik sei zu laut für unsere feinen Ohren und schalle über die ganze Insel.«

»Ohrstöpsel sind gut. Und vergesst auch das Fernglas nicht, die Partyhalle ist riesig.«

»Wird gemacht. Schau mal, Wulf Martin hat dir etwas mitgebracht.« Er deutete auf ein zu einer Schlinge geknüpftes Seil.

»Was ist das?«, fragte ich. »Etwa eine Schlinge mit Geschichte? Hing sie vielleicht mal an einem Galgen?«

Wulf Martin schnaubte. »Nichts dergleichen! Albrecht will, dass ich dir was von der Insel erzähle. Das da gehört zu ihrer Geschichte wie der Walfang oder der Eierkönig.«

Was, um alles in der Welt, war ein Eierkönig? Carlos hob die Augenbrauen und ich öffnete schon mal mein zurückgeklautes Notizbuch.

»Seile«, begann Wulf Martin und ließ sein Exemplar durch die knotigen Finger gleiten, »wurden auf dem Festland aus Hanffasern gedreht. Wir hier auf der Insel konnten keinen Flachs anbauen, dazu eignete sich das Klima nicht. Aber Seile wurden gebraucht.«

»Für Wäscheleinen?«

»Klar, das auch. Aber dafür war der Bedarf nicht sehr groß. Schiffstaue waren wichtiger, außerdem Seile, um die Segel zu befestigen. Genauso wichtig waren die Stricke aber fürs Dach.«

»Fürs Dach?«, wiederholte ich verständnislos.

»Woraus wurden Seile auf der Insel hergestellt? Und wie?«, fragte Carlos.

»Wie gesagt, wir konnten keinen Flachs anbauen. Aber wir auf der Insel haben Gräser, den Strandhafer oder Strandroggen. Die Halme wurden im Sommer abgeschnitten und bis zum Winter getrocknet. In diesem Zustand waren sie spröde und unbiegsam, also wurden sie ins Wasser gelegt und dann, wenn sie weich geworden waren, zuerst mit einem Holzhammer breit geklopft und anschließend zwischen den Handflächen so lange hin- und hergerieben, bis sie rund waren. Aus den Stücken fertigte ein tüchtiger Reependreher an einem Tag ein Seil von etwa hundert Metern Länge.«

»Er hat die geklopften Halme zwischen den bloßen Handflächen gerieben? Der Mann hatte bestimmt keine streichelzarten Hände, was?«

Albrecht lachte laut und Wulf Martin hob seine Pranken. »An so was verschwendete der Reependreher keinen einzigen Gedanken. Die Arbeit war hart und erforderte eine ganz besondere Geschicklichkeit. Außerdem brachte sie auch etwas ein: Ein hundert Meter langes Seil stellte immerhin den Wert eines halben Zentners Getreide dar. Oft war das Herstellen der Seile für Inselbewohner, die zu arm waren, um den Fischfang gewerbsmäßig zu betreiben, die einzige Einnahmequelle.«

»Das war im Mittelalter?«, fragte Carlos nach.

»Wo denkst du hin! Das ging so bis ins 20. Jahrhundert!«, erklärte Wulf Martin. »Und jetzt kommen wir zum Dach. Viele Seile wurden gebraucht, um die Reetbündel zusammenzubinden und auf den Dächern mit einer fingerdicken Nadel an die Latten zu nähen. Heute verwendet man dazu Draht – fragt nicht den Arzt oder Apotheker, sondern die Feuerwehr nach den Risiken und Nebenwirkungen.«

Albrecht bestätigte dies mit einem Kopfnicken. »Ihr könnt euch vorstellen, dass ein Reetdach, vor allem im Sommer, wenn es einige Zeit nicht geregnet hatte, austrocknete und durch einen Blitzschlag oder durch Nachlässigkeit im Nu in Flammen stand. Deshalb brachte man nicht nur eine Menge Blitzableiter an. Stets stand auch eine lange Stange mit einem gebogenen Eisenhaken für den Notfall bereit. Damit riss man die wie Zunder brennenden Reetbüschel vom Dach und konnte so den Schaden meist in Grenzen halten. Heute, weil man Draht zum Binden und Befestigen verwendet, lassen sich die Büschel nicht so einfach herunterzerren. Es hat eben alles seine Vor- und Nachteile.«

»Dafür hält Draht bestimmt viel länger«, vermutete ich.

»Die Reepen haben eine erstaunlich lange Haltbarkeit«, entgegnete Wulf Martin.

»Aber noch etwas anderes ist wichtig: Strandhafer und -roggen halten den Sand der Dünen fest. Deshalb war das Schneiden seit dem 19. Jahrhundert nur mit besonderer Erlaubnis eines Strandinspektors möglich.«

Ich hatte die wichtigsten Stichworte notiert. »Spannend. Ich schau mir jetzt die Dächer mit Hochachtung an. Aber wer, bitte, war der Eierkönig?«, fragte ich.

»*Was* war ein Eierkönig?«, verbesserte mich Wulf Martin. »Um diese Frage zu beantworten, muss man wieder in die Geschichte der Insel zurückgehen und ihre Besonderheit berücksichtigen. Also: Möwen und Gänse nisten auf der Insel, das Brutgelände wurde verpachtet und die Pächter waren berechtigt, einen bestimmten Anteil der Eier einzusammeln und zu verkaufen. Ein Möwenei war etwa drei Hühnereier wert und die gesamte Ausbeute konnte in einer Saison bis zu 70.000 Stück betragen – was natürlich unbefugte Erntehelfer, die Eierdiebe, anstachelte. Um sie vom Stehlen abzuhalten, wählten die Pächter den Eierkönig, der in seiner Eierhütte wohnte und das Revier bewachte. Eine weitere Besonderheit der Insel erschwerte ihm oft die Arbeit, begünstigte aber auf ganz unfaire Weise den Eierdieb: Unser berüchtigter Seenebel hüllt nämlich alles so rasch in Wolken, wie es sonst nur im Hochgebirge geschieht.«

»Und weshalb man auch nie allein und als Fremdling schon gar nicht ins Watt gehen soll«, ergänzte Albrecht. »Langweilen wir euch?«

»Nein!«, riefen Carlos und ich gleichzeitig und ich beteuerte: »Überhaupt nicht! Die Sylter handelten also seit vielen Jahrhunderten mit Reepen und Vogeleiern. Fisch kam auch dazu und Muscheln, und was noch?«

»Austern, Schafwolle und Salz«, ergänzte Albrecht.

»Ach, das ›weiße Gold‹!« Wulf Martin hatte sich in Begeisterung geredet. »Das hat eine ganz eigene Geschichte! Sie ist so vielfältig, dass ich einen ganzen Abend bräuchte, um euch alles zu berichten.«

»Das Wichtigste in Kürze«, bat Albrecht.

»Ich versuche es«, versicherte Wulf Martin. »Ihr wisst, dass der Mensch Salz zum Leben braucht. Für die Sylter traf das im Guten wie im Schlechten zu – aber ich will der Reihe nach vorgehen. Gewonnen wurde Salz, indem man bei Niedrigwasser im Watt Torf abstach. Dieser wurde verbrannt, das zurückgebliebene Salz reinigte man in riesigen Siedepfannen. So weit, so gut. Die Menschen würzten damit ihre Nahrung, pökelten Fleisch ein und Fische – Heringe vor allem –, verschafften sich dadurch weiter entfernt gelegene Absatzmärkte und verkauften den Überschuss. Nun hat aber alles seine zwei Seiten. Die gute kennt ihr, jetzt kommt die schlechte. Ich sagte, dass der salzgetränkte Torf gestochen wurde. Im Klartext heißt das: Viel Land wurde abgetragen, ganze Teile der Insel wurden auf diese Weise tiefer gelegt, was im Zusammenspiel mit Sturmfluten zu verheerenden Landverlusten führte. So lag Segen und Fluch auf dem ›weißen Gold‹. Habe ich euch jetzt genug erzählt?«

»Die Walfang-Story fehlt noch«, erinnerte ich ihn.

»Mimi ist unersättlich«, jammerte Wulf Martin scheinheilig. »Jetzt will sie auch noch wissen, wie die Männer auf Walfang gingen!«

»Die Geschichte hast du selber angekündigt«, erinnerte ihn Albrecht.

»Na dann! Wisst ihr Landeier eigentlich, dass sich während der Sommermonate bis zu 5.000 Schiffe in den Walgewässern befanden? Und dass ein Fangschiff kaum länger war als ein Wal?«

Nein, das hatten wir natürlich nicht gewusst. Ich schrieb mit und kam kaum nach.

»Ein ausgewachsenes Tier misst zwischen dreißig und vierzig Metern. Die Männer stiegen in kleinere Boote um, in sogenannte Schaluppen, und wenn man sich die Größenverhältnisse vorstellt, zeigt einem allein das schon, wie waghalsig das Unterfangen war. Wenn man aber weiß, dass man den Wal direkt von vorn oder hinten angreifen musste – also aus dem toten Winkel heraus –, wozu es unumgänglich war, sich ihm bis auf fünf bis zehn Metern zu nähern, damit man ihn mit der Harpune treffen konnte, dann kann man sich vorstellen, wie viel Mut man dazu brauchte. Mut, Geschicklichkeit und

Übung waren gefordert – und eine gute Portion Glück. Die Harpune tötete das Tier nicht. Saß sie jedoch sicher in der Speckschicht, begann erst mal die Verfolgungsjagd. Da konnte es vorkommen, dass der Wal die Harpune wieder loswurde. Oder er tauchte senkrecht ab. Oder, und das war die gefährlichste Variante, er zog die Schaluppe samt Besatzung unters Eis, wenn die Fangleine nicht rechtzeitig gekappt wurde. Ging aber alles gut und der Wal war endlich erschöpft, wurde ihm mit der Lanze der Todesstoß versetzt. Dann ging es gleich an die nächste Arbeit. Das Tier wurde nach und nach zerlegt. Die Speckstreifen kamen in Fässer und lieferten pro Tier ungefähr 17.000 Liter Tran, der zur Beleuchtung der Lampen und Straßenlaternen diente. Das Fischbein, die aus Horn bestehenden Barten, verwendete man zur Herstellung von Knöpfen, Kämmen, Spangen, Korsettstangen und was weiß ich noch alles.«

»Vergiss nicht die Angeln und die Stäbe der Sonnen- und Regenschirme«, warf Albrecht ein.

»Richtig. Wir, Albrecht und ich, erinnern uns noch gut an den Lebertran, den wir nach dem Krieg schlucken mussten und der einfach scheußlich schmeckte. Die Walknochen dienten auf der Insel als Pfostenersatz, denn wir haben ja keinen Wald, und außerdem als Balken. Und schließlich dürfen wir nicht vergessen, dass es auch Künstler gab, die in die Knochen ganze Walfanggeschichten ritzten.«

»Um sie gut sichtbar zu machen, wurden die Vertiefungen mit Asche schwarz gefärbt«, ergänzte Albrecht. »Einige Beispiele könntet ihr im Heimatmuseum bewundern, wenn ihr noch Zeit dafür findet. Übrigens, der Walfang schuf Berufe, die heute längst ausgestorben sind: Es gab natürlich nicht nur

Matrosen, Boots- und Steuermänner, sondern auch Harpunierer und Speckschneider.«

Wulf Martin nickte. »Vergessen sollten wir auch nicht die Frauen der Walfänger, die während der Sommermonate Haus und Hof besorgten und sehr selbstständig wirtschaften mussten. Kam der Mann – Gott sei Dank – im Herbst nach Hause, übernahm er wieder die Herrschaft, was den Frauen natürlich nicht leichtfiel und zu ziemlich turbulenten Ehen führen konnte.« Er schmunzelte. »Nein, Mimi, darüber kann ich keine Geschichte erzählen. Ich habe jetzt auch genug geredet. Albrecht soll mal nicht so tun, als wisse er gar nichts. Fragt ihn, wenn euch noch etwas interessiert.«

Mühsam stemmte er sich aus dem Sessel. Er rieb sich den Rücken und meinte, alt zu werden sei doch ein rechter Schietkram.

»Alles hat seine Vor- und Nachteile«, sagte Carlos lachend und half ihm in die Jacke.

»Stimmt, mein Junge. Doch keine Regel ohne Ausnahme – ich sage dir, das Alter ist genau diese Ausnahme.«

Wir begleiteten ihn zur Tür, bedankten uns und verabschiedeten uns von ihm. Er nahm mir das Versprechen ab, dass er meine Artikel auch ganz bestimmt zugeschickt bekäme, dann machte er sich auf den Heimweg.

»Na, Mimi, reicht dir die Ausbeute an Syltgeschichten nun?«, fragte Albrecht und gähnte herzhaft. »Mein Gott, es ist schon fast Mitternacht. Zeit fürs Bett. Ich wette, Holly wird in aller Frühe auf der Matte stehen und Sturm läuten und ›Der Tag ist da!‹ rufen. – Von dieser Johanna habt ihr wohl nichts mehr gesehen und gehört, was?«

Die Uhr, welche auch eine Inselbesonderheit war, weil aus Sparsamkeit die eine Hälfte auf dem Flur, die andere Hälfte in der guten Stube stand, setzte zum Schlagen an. Es gab ein Rasseln, das klang wie Luftholen bei akutem Raucherhusten. Wir zählten mit. Exakt beim zwölften Schlag schrillte die Türglocke.

»Holly! Der große Tag ist da!«, rief Carlos.

Albrecht war mit zwei Sätzen an der Tür. »Feuer? Überfall? Kommen Sie herein, Herr Kommissar!«

»Albrecht, du bist noch immer der gleiche alte Esel wie früher«, antwortete Wulf Martin missbilligend. »Sag deinen Gästen, sie sollen später schlafen. Sie bekommen etwas geboten!«

»Noch eine Geschichte?«

»Nein. Polarlicht.«

Das Nordlicht

Mit einem Mal war Albrecht hellwach und wie elektrisiert. »Zieht euch was über und dann nichts wie los! Versucht, so schnell wie möglich zur Uwe-Düne zu gelangen! Oder nein, da sind bestimmt zu viele Leute, die stören nur. Rennt den Strönwai hoch und biegt in den Dünenweg ein, los, los!«

»Albrecht!«

»Nun macht schon!«

»Kommst du nicht mit?«

»Nein, ich habe ein eigenes Plätzchen zum Gucken. Nun beeilt euch doch, ihr Langweiler!«

Wir rannten wie die Hasen den Sjipwai vor. Aus dem *Dorfkrug* drangen Musik und Gelächter, wir ignorierten die Ampel an der Hauptstraße, eilten zwischen den Leuten hindurch, die vor den Kneipen standen, die Luft mit teuren Düften parfümierten und das Ereignis mit Gläsern in der Hand feierten. Wir erreichten den Dünenweg, wichen anderen Lichtguckern aus und gingen so weit, bis wir alle Menschen hinter uns gelassen und einen freien Blick auf Wasser und Himmel hatten.

Ich stellte mich vor Carlos, er schlang seine Arme um mich und dann schauten wir atemlos zu, wie über den nachtschwarzen Himmel rote Strahlen flackerten, wie grüne und gelbe Pfeile dazwischenjagten, wie sich für Bruchteile von Sekunden ein durchsichtiger blaugrauer Schleier über das Ganze breitete und in Nichts auflöste, wie sich ein riesiger, weit geschwungener Bogen in Gelb, in Rot, in hellem Türkis durch die Nacht spannte, wie leuchtend rote Streifen, gelbe Streifen, blaue Streifen ein feuriges Muster zeichneten, wie sie ausgelöscht und von kreisenden Bögen und goldenen Spiralen abgelöst wurden.

Uns schien, als schwinge und sirre die Luft. Die Strahlen und Streifen, Pfeile und Bögen waren über uns und doch war uns, als stünden wir mittendrin.

Die Geschwindigkeit, mit der die leuchtenden Erscheinungen gelöscht und neu geschaffen wurden, war atemberaubend.

Das Befremdlichste, Unheimlichste, Ungeheuerlichste aber war die absolute Lautlosigkeit, mit der alles geschah.

Hin und wieder sah ich zum Wasser hinunter. Dunkler als der Himmel war das Meer, nur die Brandung zeichnete weiße weite Schaumschwünge auf den Sand.

Wie lange es dauerte, bis das Flackern und Leuchten über uns schwächer wurde und nach und nach ein Ende fand, wussten wir nicht zu sagen: Wir standen und warteten und hofften fast, ein ohrenzerfetzender Knall würde das Ende dieses Feuerwerks anzeigen.

Doch er blieb aus, und so tauchten wir langsam aus der Verzauberung auf und fanden widerstrebend in die gewohnte Nacht zurück.

Wir schwiegen. Worte sind da fehl am Platz.

Aber wir küssten uns lange.

Erst vor Albrechts Häuschen meinte Carlos: »Ob Albrecht ein Lexikon hat? Ich möchte doch wissen, wie so ein Polarlicht entsteht.«

In der guten Stube brannte Licht. Wir dachten, Albrecht warte auf uns, aber er war bereits zu Bett gegangen. Doch als hätte er Carlos' Wunsch vorausgesehen, lag ein aufgeschlagenes Buch auf dem kleinen Tisch neben seinem Sessel. Es war ein Lexikon. »Das Nordlicht, das in 90 bis 150 Kilometer Höhe über den Himmel huscht, entsteht nur über den magnetischen Polen der Erde, wo elektrisch geladene Sonnenteilchen ungehindert in die Erdatmosphäre eindringen können. Dort prallen sie mit hoher Geschwindigkeit (200 km/sec) auf Stickstoff- und Sauerstoffmoleküle, die dabei zum Leuchten angeregt werden.«

»Lesen ist wichtig«, sagte ich zu Carlos. »Aber weißt du was? In diesem Fall bleiben die Worte meilenweit hinter der Erfahrung zurück, findest du nicht auch?«

»Stimmt. Sag, Mimi, bist du müde?«

»Ich weiß nicht. Warum fragst du?«

»Erinnerst du dich an Chile? An den Abend, als wir auf die Düne stiegen und den Sonnenuntergang beobachteten?«

»Und ob ich mich daran erinnere! Das war, als die Leute alle in Ahhhs und Ohhhs ausbrachen, die Arme zum Himmel reckten und die Entrückten spielten!«

»Genau.« Carlos grinste. »Ich bin ja so froh, dass wir heute allein waren.«

Ich kicherte. »Weißt du noch, wie ich dann die Düne runterrutschte und fast verloren gegangen wäre? Gut, dass mir das erspart blieb! Wir haben schon ziemlich viel gemeinsam erlebt, was?«

Carlos nickte. »Das schweißt zusammen. Auf Sylt komme ich mir zwar manchmal so richtig alt vor –«

»Waaas?«

»Na ja, ich bin schließlich älter als Holly und Constantin«, meinte er, »aber missen möchte ich die Inselerlebnisse nicht.«

»Das verstehe ich. Die geologisch-geomorphologischen Verwerfungen sind bestimmt so was wie ein Festessen für dich. – Weißt du überhaupt, wie spät es schon geworden ist? Himmel, ich brauche meinen Schönheitsschlaf, schließlich will ich den ersten Preis beim Model-Wettbewerb abkassieren!«

»Wozu? Um eine neue Karriere zu starten? Model statt Reisejournalistin?«

»Quatsch. Um billig mit dir nach Berlin zu kommen, Carlos!«

Quallenwetter

Als ich aufwachte, aus dem Bett sprang und mir die Dachschräge den gewohnten Dämpfer versetzte, spürte ich, dass sich etwas geändert hatte. Ich riss das Fenster auf: klarblauer Himmel, helle Sonne, leichter Wind. Das Wetter ist es also nicht, dachte ich und zog den Bikini an und darüber Jeans und Bluse.

Es war aber doch das Wetter.

»Ostwind«, sagte Märthe missbilligend. »So ein Schietkram! Ostwind wirkt wie Föhn in den Alpen: Die Leute werden zänkisch, also passt auf!«

»Machen wir!«, versprach ich und dachte an Johanna. Ostwind oder welcher Wind auch immer – die würde heute was erleben!

Wie von Albrecht vorausgesagt, stand Holly schon auf der Matte, bevor wir die erste Tasse Kaffee getrunken hatten. Sie hatte die Polarlicht-Erfahrung ihrem Schönheitsschlaf geopfert und rümpfte die Nase, als wir ankündigten, zuerst einmal baden zu wollen, Wettbewerb hin oder her.

»Was ziehst du an? Hat dir Constantins Mutter einen Kaschmirpulli aufs Auge gedrückt?«

»Warte es ab!«

»Komm, zeig's mir!«

Ich war selbst neugierig, ob mir die Klamotten heute noch genauso gut gefielen wie gestern, also rannte ich in mein Zimmer und zog mich um. Mit der Netzstrumpfhose hatte ich Probleme. Die Maschen standen dermaßen weit auseinander, dass ich sie nur zentimeterweise über die Beine bekam. Aber mit den rot-weißen Ringelsocken sahen sie echt klasse aus.

»Achtung!«, rief ich von oben. »Ich komme!«

»Wow!« Holly fielen fast die Augen aus dem Kopf.

Carlos allerdings war nicht besonders begeistert. »Was? So willst du über den Laufsteg schreiten?«

»Gefällt es dir nicht?«

»Klar gefällt mir das Outfit. Ich finde es nur reichlich ... wie soll ich sagen ... reichlich sexy. Hast du nichts anderes anzuziehen?«

»Mann, das hab ich doch extra gekauft! Jetzt bin ich pleite!«

»Was sagst *du* dazu, Holly?«

»Carlos, es ist einfach ...«, sie hielt die Hand vor den Mund, damit Märthe nichts hören konnte, und hauchte: »... geil!«

Ich war zufrieden. Hollys Urteil wog kleidermäßig gesehen mehr als das von Carlos.

Als ich mich wieder umgezogen hatte, machten wir uns auf den Weg zum Strand. Die Luft war so mild und anders als sonst, die Konturen der Dünen dermaßen klar und ich war so vergnügt, dass ich den ganzen Weg bis zum Strand vor den beiden herradelte – auf Albrechts Rad, meines stand ja noch in Keitum.

Wir rannten sofort zu Dirk und Kai.

»Blöder Tag heute«, sagte Dirk zur Begrüßung.

»Quallenwetter. Wir haben schon ein paar gesichtet. Passt auf, wenn ihr ins Wasser geht. Wenn ihr etwas seht, das wie ein Klumpen rotblauer Gelatine aussieht, macht sofort die Fliege, klar?«

»Ich kenne Quallen«, versicherte Carlos. »Und ich passe auf Mimi auf.«

»Gut so«, meinte Dirk. »Es wäre doch schade, wenn ihr heute Abend nicht fit und schön wärt, oder? Fit und schön – ich fass es nicht!«

Da kam Johanna! Ich stellte mich breitbeinig in den Sand, ballte die Fäuste und wartete – ich war bereit zum Kampf. Es konnte losgehen.

»Sie hat einen neuen Bikini«, stellte Holly fest. »Absolut edles Stück. Wo sie ihn nur aufgetrieben hat? Den muss ich mir mal aus der Nähe anschauen.«

Leider wurde Johanna von einem jungen Mann mit Küsschen links, rechts und wieder links begrüßt. Er legte Johanna den Arm um die Taille und zog sie zum Wasser. Offensichtlich kannte sie die schönheitsfördernde und belebende Wirkung des Sylter Wassers.

Die beiden warfen sich in die Wellen und kreischten dermaßen laut, dass es bis zu uns herüberdrang. Uns hatten sie offensichtlich noch nicht entdeckt. Vielleicht, wer weiß, wollten sie uns aber auch nicht sehen.

»Ätzend ... peinlich ...«, murmelte Holly. »Wie kann man sich nur so albern aufführen!«

»Wie oft weht denn dieser Quallen bringende Ostwind?«, wollte Carlos wissen.

»Kann man nicht sagen«, antwortete Kai mit einem Achselzucken. »Aber wenn er weht, kann es tagelang dauern.«

»Der Wind ist nicht gefährlich«, erklärte Dirk. »Das Unangenehme daran ist, dass die Quallen deshalb vor der Westküste auftauchen, weil sie sich von der Unterströmung treiben lassen, und die verläuft entgegen der Windrichtung. Kann man manchen Leuten nur schwer klarmachen, ist aber so.« Er schaute durchs Fernglas. »Die weißen Quallen sind ungefährlich. Die rotblauen und gelben sind die fiesen.«

Ich erinnerte mich nur mäßig an meinen Biounterricht. »Es sind Nesseltiere mit Fangarmen, und wenn man so ein Tentakel berührt, ist die Wirkung ähnlich wie bei einer Brennnessel, stimmt's?«

»Bist halt doch ein ahnungsloses Landei, Mimi«, stellte Kai liebenswürdig fest. »Also pass auf: Quallen sind räuberische Nesseltiere, das stimmt. Um ihre Beute fangen und fressen zu können, betäuben sie sie: Plankton, kleine Fische und Krebse. Wie machen sie das? In jeder Zelle ihrer Tentakel liegt ein aufgerollter Schlauch. Bei Berührung springt der Deckel der Zelle auf, der Schlauch schnellt heraus und schwups! wird die Beute mit einer gemeinen Giftmischung geimpft. Was ist die Folge? Kleine Fische werden verspeist, große Fische – darunter fallen auch Menschen – schreien ›Aua!‹ und leiden unter massiver Befindlichkeitsstörung und Schönheitsminderung. Wie äußert sich das? In lang anhaltendem, lästigem Juckreiz. In Hautrötungen, in Brennen der Haut. Alles klar?«

»Die Auskunft war umfassender und besser als alles, was ich bisher über diese Giftmischer hörte. Ach ja, woraus besteht denn ihr Gift?«

»Tu nicht so unschuldig, Mimi. Wen willst du denn um die Ecke bringen?«

»Dich nicht!« Ich lachte ihn an.

»Gut zu wissen. Also, das Gift besteht aus Eiweiß, körperfremdem Eiweiß, das ist besonders gemein, und aus Ameisensäure – das ist das, was du schmerzhaft spürst, wenn eine kleine Ameise ihr Leben verteidigt.«

»Aber –«

»Kai!«, rief Dirk. »Komm doch mal her!«

Eine Mutter rannte mit einem heulenden Kleinkind durch den Sand. »Ich wette, das ist das erste Quallenopfer«, meinte Dirk. »Kai, kümmerst du dich um die Kleine? Du kannst das besser als ich.«

Kai bemühte sich um einen vertrauenerweckenden Gesichtsausdruck und fragte väterlich: »Na, hat dich eine böse Qualle gestreichelt? Wo tut's denn weh?«

Die Kleine heulte, aber nicht wegen einer Qualle, sondern weil sie sich an der Kante einer Muschelschale den Daumen aufgerissen hatte.

»Es blutet!«, schluchzte das Mädchen. »Es tut weh!«

»Weißt du was? Ich sage ›Hokuspokus‹, verstecke das Blut und nichts tut mehr weh. Soll ich's dir zeigen?«

Die Kleine nickte, ein Tränchen kullerte über ihre Wange.

»Hokuspokus!« Kai klebte einen Pflasterstreifen über den Riss, die Kleine schluchzte noch einmal, dann war der Schmerz verflogen.

»Gut so? Wenn dir wieder mal was wehtut, kommst du einfach zum Zauberer Kai. Der sagt Hokuspokus und alles ist wieder gut. Versprochen?«

»Na, habe ich zu viel gesagt? Er kann es mit Kleinen, was?« Dirk klopfte seinem Freund lobend auf die Schulter.

Holly, Carlos und ich wollten gerade ins Wasser gehen, als Johanna und ihr Bekannter schreiend auf uns zurannten.

»Ich wette, die haben eine Qualle abgekriegt«, meinte Kai.

So war es. Johanna umklammerte ihren Arm. »Tu was dagegen!«, schrie sie. »Schnell! Es brennt wie Feuer!«

Dirk griff nach einem gelben Plastikeimer und schüttete Wasser auf Johannas Arm. »Das ist das Einzige, was hilft«, erklärte er. »Jetzt lass mal sehen. Oh, dich hat's aber bös erwischt, Johanna.«

»Ausgerechnet heute!«, jammerte sie. »Das Wasser hat nichts geholfen, hast du nicht vielleicht eine Salbe? Schau doch, die Striemen werden immer noch röter!«

Tatsächlich waren die Stellen, an denen die Tentakel Johannas Haut berührt hatten, feuerrot und wie von einem Ausschlag befallen.

Dirk kratzte sich am Kopf. »Sieht aus, als wären nicht alle abgespült worden.«

Er rannte in die rote Hütte und kam mit einem Vergrößerungsglas und einer Pinzette zurück. »Zeig mal ... Na, so schlimm ist's nun auch wieder nicht. Allergisch bist du nicht gegen das Quallengift, oder?«

»Woher soll ich das wissen?«, gab Johanna zurück. »Bin ich heute Abend wieder fit?«

»Fit wirst du schon sein«, antwortete Kai auf ihre Frage. »Aber die Rötung verblasst erst in einigen Tagen.«

»O Gott. Was mache ich nur?«

»Trag's mit Fassung«, schaltete Holly sich ein.

»Ach nee«, giftete Johanna. »Du hast leicht reden, du nimmst heute Abend ja nicht an dem Wettbewerb teil.«

Aha, sie wusste also tatsächlich noch nichts von ihrem Glück.

»So?«, entgegnete Holly »Wir –«

Ich trat ihr warnend auf den Fuß und räusperte mich. Das hätte ich mal besser nicht getan.

»Sieh mal an, die Mimi! Die Leute auf dem Campingplatz haben mir gesagt, dass ein Mädchen in meinem Zelt war. Die Beschreibung könnte auf dich zutreffen.«

»Ich in deinem *Zelt*?«, entgegnete ich verwundert. »Hast du mir nicht gesagt, du wohnst im Hotel *Stadt Hamburg* in Westerland? Keine Ahnung, welches Zelt unser Hund fast zum Einsturz gebracht hat. Wir haben es jedenfalls wieder aufgerichtet. Wem es gehört, haben wir nicht gefragt, stimmt's, Carlos?«

»Das stimmt. Die Angelegenheit war uns ja so was von peinlich!«

»In meinen letzten Ferien bin ich nachts mal in ein falsches Zelt gekrabbelt. Dachte, es sei meines, und fand es voll komisch, wie sich die Eigentümer aufregten. Klar, ich habe sie gestört, aber trotzdem: Sie hätten mir beinahe ihre Schuhe an den Kopf geworfen«, berichtete Kai grinsend.

Johanna ging auf sein Ablenkungsmanöver nicht ein. »Ihr wisst, dass mein Zelt auf dem Campingplatz steht und –«

»Vielleicht bist du umgezogen?«, unterbrach sie Dirk mit unschuldigem Augenaufschlag. »Wir kennen viele Leute, die warten mussten, bis ein Hotelzimmer frei wurde. Das kommt in der Hochsaison immer mal wieder vor, nicht wahr, Kai?«

»Man könnte sagen, auf Sylt ist das an der Tagesordnung«, bestätigte Kai bereitwillig. »Wo wohnst du denn nun wirklich, Johanna?«

»Geht euch nichts an«, murrte sie und zog mit ihrem Begleiter ab.

»Gestern war ein tolles Foto von dir in der Zeitung!«, rief ich ihr hinterher. »Und ein klasse Artikel über dich! Heißt das, du brauchst mich nicht mehr, Johanna?«

Sie machte nur eine verächtliche Handbewegung und drehte sich nicht einmal um.

»Wer andern eine Grube gräbt, fällt selbst hinein«, stellte Kai zufrieden fest. »Ihr habt sie mit ihren eigenen Waffen geschlagen.«

»Was sie erst sagen wird, wenn wir am Abend zu sechst auf der Model-Schau aufkreuzen!« Holly verdrehte genießerisch die Augen. »Das wird genial!«

Zwei kleine Jungs hatten harmlose weiße Quallen aus dem Wasser gefischt und warfen sie wie glibberige Gelatinebälle auf die Leute. »Das geht zu weit!«, brüllte Dirk. »Seid ihr verrückt? Quallen sind auch Lebewesen!«

Carlos, Holly und mir war die Lust aufs Baden vergangen. Wir verabredeten uns für sechs Uhr, Bahnhof Westerland. Holly versprach, Constantin Bescheid zu geben, und nun lag ein langer Nachmittag vor Carlos und mir.

Wir stopften Jeans und Hemden in die Tüte und brachen zu einem ausgedehnten Strandspaziergang auf. Es war ein herrlicher Tag mit vereinzelten dicken, weißen Schönwetterplusterwolken am blauen Himmel und einer sachten Brise von Ost. Der Sand unter unseren Füßen war warm und da, wo ihn die Wellen befeuchtet hatten, angenehm fest. Als wir die berühmte Buhne 16, an der sich zur Jugendzeit unserer Eltern die damaligen Stars und Sternchen trafen und rauschende Partys feierten, passiert hatten, nahm die Zahl der Leute mit oder ohne Badeanzug stetig ab.

Eigentlich haben Carlos und ich uns immer etwas zu erzählen, aber wenn das Wasser spricht, die Wellen auf den Strand laufen oder krachend in sich zusammenfallen, mischt man lieber nicht mit. Wir gingen und gingen, manchmal bückte sich einer von uns nach einer Muschel, zog mit spitzen Fingern ein Stück Tang auseinander, prüfte eine von Sand und Wasser geschliffene und polierte grüne Glasscherbe oder zeigte wortlos auf einen kleinen Leuchtturm.

Wir näherten uns Klappholtal, einem Dünen- und Naturschutzgebiet. »Willst du vom Strand weg in die Dünen?«, fragte Carlos. »Es lohnt sich. Holly berichtete, es sei die größte Wanderdünenlandschaft der Republik.«

»Klingt wahnsinnig nach einem herausragenden Superlativ«, spottete ich. »Weißt du, ob es außerdem noch ein oder sogar ganze zwei Wanderdünengebiete in unserer Republik gibt?«

Wir lachten uns an, fassten uns an den Händen und wichen einer auf den Strand geworfenen Qualle aus. In geringer Entfernung von uns kauerte, die Nase dicht über dem Boden, ein Mensch. »Der sucht was«, meinte Carlos.

»Muscheln«, vermutete ich wortkarg.

Überrascht stellten wir beim Näherkommen fest,

dass es Wulf Martin war. »Suchen Sie was?«, platzte ich heraus.

Ächzend richtete er sich auf. »Heute ist ein Ostwindtag«, erklärte er, »da gehe ich immer an den Strand, um Bernstein zu suchen. Seht mal, was ich gefunden habe.«

Auf seiner flach ausgestreckten Hand lagen ein paar winzige, durchsichtig bräunliche und orangefarbene Krümel. »Den großen Fund habe ich heute noch nicht gemacht«, meinte er. »Aber was nicht ist, kann ja noch werden.«

»Ich dachte, Bernstein findet man nur an der Ostsee«, sagte ich verblüfft.

Wulf Martin schüttelte den Kopf. »Das denken viele. Aber es ist nicht so. Wisst ihr etwas über Bernstein?«

In Carlos hatte er den richtigen Partner gefunden. Er legte los: »Natürlich wissen wir Bescheid. Bernstein ist versteinertes, viele Millionen Jahre altes Harz. Das stammt von Kiefern, die einst große Teile Skandinaviens bedeckten und bei Verletzungen – durch Stürme etwa – mit Harzfluss reagierten. Das Harz duftete intensiv und lockte Insekten und auch größere Tiere an, die haften blieben. Sie wurden vom Harz umschlossen und starben. Durch einen Meereseinbruch wurde das Harz luftdicht versiegelt, was die Voraussetzung dafür war, dass es fest wurde und fest blieb.« Carlos hielt inne. »Noch etwas?«

»Warum nicht?«, entgegnete Wulf Martin. »Bis jetzt hast du mir nichts Neues gesagt!«

Carlos grinste. »Sicher wissen Sie mehr darüber als ich. Die Gletscher der Eiszeiten schoben das Harz nach Süden, die Schmelzströme schwemmten es in die Ost- und Nordsee – und eben auch an die Sylter Küste. Man nennt den Bernstein auch das ›Gold des Nordens‹.«

»Komisch, dass immer der Vergleich mit Gold gemacht wird«, sagte ich. »Salz ist ›weißes Gold‹, Bernstein ›Nordgold‹.«

»Gold war eben das Kostbarste, was sich der Mensch vorstellen konnte«, erklärte Wulf Martin. »Was mich immer wieder erstaunt, ist, dass schon die Menschen in den ältesten uns bekannten Gräbern Bernsteinamulette trugen. Kennt ihr Denghoog? Nein? Es ist eine 5.000 Jahre alte Steinkammer neben dem kleinen Teich in Wenningstedt, in die ein sechs Meter langer Gang hineinführt. Selbst da fand man außer Teilen menschlicher Skelette einzelne Bernsteinperlen.«

Wulf Martin schob die winzigen Stückchen mit seinem rissigen Daumennagel auf der Handfläche hin und her. »Die Händler brachten das ›Gold des Nordens‹ von unseren Küsten bis an die Adria und nach Südfrankreich.«

Er tupfte einen hellen Krümel auf. »Weißer Bernstein wurde als Medizin gegen alle Krankheiten angesehen.« Plötzlich lachte er auf. »Wahrscheinlich trieb der Wahnsinnspreis jeden Kranken augenblicklich vom Lager!« Er musterte uns mit seinen scharfen Augen. »Du weißt sicher auch, Carlos, dass Bernstein für uns Seefahrer von großer Wichtigkeit war.«

Carlos runzelte die Stirn. »Soviel ich weiß, stellte man aus dem Rohstoff einen äußerst widerstandsfähigen Lack her, der als Bootsanstrich diente.«

Wulf Martins Augenbrauen schossen in die Höhe. »Donnerwetter! Das wissen nur die wenigsten Landeier!«

Carlos und Wulf Martin unterhielten sich noch kurz darüber, wie denn der Lack hergestellt worden war, und ich fluchte, weil ich mein Notizbuch nicht dabeihatte. »Das macht nichts«, tröstete mich Carlos. »Zu Hause helfe ich dir bei den Aufschrieben.«

Zu Hause! Wir schauten auf die Uhr und stellten fest, dass wir uns mächtig beeilen mussten. Wir verabschiedeten uns von Wulf Martin und rannten am Strand entlang Richtung Kampen.

»Weißt du, was mir auf Sylt am besten gefällt?«, japste ich. »Wenn du ein bisschen vom Hauptstrand weg bist, meinst du, du bist auf einer einsamen Insel. Ein paar Minuten später bist du in einer total anderen Welt: Du rennst an den allerschicksten Boutiquen entlang, die du dir nur vorstellen kannst! Das ist doch super, oder?«

»Du hast die Sondermodelle vergessen, Mimi!« Carlos deutete auf einen dunkelgrünen Jaguar. »Den möchte ich mal fahren!«

Schluss mit Tralala!

In Albrechts Häuschen brach Hektik aus. Nachdem Carlos geduscht hatte, belegte ich das Badezimmer. Ich wusch mir dreimal die Haare und einmal den Bikini. Die Haare trocknete ich an der Luft, den Bikini mit dem Föhn, dann stopfte ich ihn samt Jeans – gebügelt! –, T-Shirt und den brandneuen Klamotten in den Rucksack, packte das Täschchen mit meinen Schminksachen obenauf und zog die Schnur zu. Auf mein Notizbuch verzichtete ich. Es mitzunehmen war mir zu gefährlich.

Ich rannte die Treppe runter und voll in Albrecht hinein.

»Hast du heute schon in die Zeitung geschaut?«, wollte er wissen. »Nein? Du solltest einen Blick auf diesen Artikel werfen!«

Das war das Letzte, was ich gerade wollte. Ich tat es aber trotzdem. »Geschichten aus der Geschichte, zweiter Teil«, las ich da. JE hatte etwas über einen Seefahrer geschrieben, der die ostindischen Gewässer befahren und ein Sprichwort mitgebracht hatte: Hoch steigt der Drache nur gegen den Wind!

»Das hat mir Märthe erzählt!«, schrie ich erbost. »Das ist doch wirklich die Höhe!«

»Halte die Augen auf, bestimmt ist JE in der

Halle«, meinte Albrecht. »Los jetzt, ich fahre euch. Aber Märthe und Wulf Martin und ich kommen erst gegen 22 Uhr dazu.«

Den ganzen Tag war ich cool und relaxt gewesen, aber jetzt hatte ich feuchte Hände und Herzklopfen. Constantin und Holly standen am Bahnhof Westerland und quetschten sich zu uns ins Auto, mein Herzklopfen steigerte sich zu einem heftigen Wummern, und als wir am Flughafen ausstiegen, waren meine Beine Wackelpeter.

Holly behauptete, es ginge ihr genauso wie mir. Constantin standen Schweißtröpfchen auf der Oberlippe und plötzlich schimpfte Carlos los: »Was für ein ausgemachter Blödsinn! Ich ziehe meine Bewerbung zurück!«

»Kneifen in letzter Sekunde gilt nicht«, krächzte Holly. »Meinst du vielleicht, mir geht's besser?«

»Woher willst du wissen, wie es mir geht?«, konterte Carlos.

Constantin ließ den Kopf hängen und trabte stumm neben uns her. Jede Menge Leute in den tollsten Partyklamotten standen herum und versperrten den Eingang. Wir quetschten uns mühsam durch und schon standen wir in der Halle.

Mein Gott, war die riesig! Es gab zwei Ebenen, unzählige künstliche Palmen, einen Mittelteil, der zur Bar aufgemotzt war – und den Laufsteg.

Einen roten Laufsteg.

Ich fühlte mich plötzlich wie gelähmt. Über dieses Ding soll ich schreiten?, fragte ich mich. An all den vielen Leuten vorbei? Mimi, Mut ist eine Frage des Trainings, jetzt hast du A gesagt, nun fehlt nur noch das B. Also los …

Carlos hatte meinen Arm gepackt und zog mich weiter. »Wo finden wir die Leute, die wissen, wo's langgeht?«

»Keine Ahnung ... Da sind Kai und Dirk! Hallo!«

Die beiden grinsten ausgesprochen mühsam. »Sollen wir wirklich?«, fragte Kai. »Also ich bin mir nicht mehr so sicher. Das schaut mir doch nach einer echten Mutprobe aus, was?«

Die Einzige, die plötzlich keine Hemmungen mehr hatte, war Holly. Priska entdeckte uns. »Gut, dass ihr mitmacht!«, brüllte sie über die Köpfe der anderen hinweg. »Die meisten haben kalte Füße bekommen und ihre Bewerbung zurückgezogen! Kommt mit!«

Sie lotste uns durch die Massen. Irgendwo war die Halle mit Stellwänden abgeteilt worden, hinter denen sich die »Kabinen« befanden: eine für die Jungs, eine für uns.

»Also, es geht so ab«, erklärte Priska. »Beim Pre-Casting tragt ihr Jeans und T-Shirt. Wer nicht gut aussieht, scheidet aus. Es folgt der Gang in aparter Freizeitkleidung, und ...«

»... wer uncool daherkommt, scheidet aus«, murmelte Kai. »O Gott, das ist aber nichts für mein Selbstwertgefühl, ehrlich!«

Priska achtete nicht auf ihn. »Zum Schluss präsentiert ihr euch in Badehose oder Bikini. Alles klar?«

»Woher wissen wir, wann wir dran sind?«, wollte Holly wissen. Die hatte Nerven! Ich hätte am liebsten die Fliege gemacht und sie fragte nach der Reihenfolge!

»Kein Problem, bevor es losgeht, drückt man euch die Nummern in die Hand. Alles o.k.?« Sie sah auf das Blatt, das sie in der Hand hielt. »Wer ist Dirk?«

»Ich.«

»Kai? Holly? Mimi? Carlos? Constantin?«

Constantin fehlte. In dem Gedränge merkten wir das erst jetzt.

»Das darf ja wohl nicht wahr sein!«, stöhnte Holly. »Der hat doch tatsächlich kalte Füße bekommen. Das finde ich aber fies, ehrlich.«

»Ich nicht«, widersprach Kai. »Ich weiß noch immer nicht, ob ich nicht auch noch abspringe.«

Priska schob die Jungs energisch in Richtung Kabine. »Nichts da! Wir brauchen jeden Bewerber!«

»Wie viele Jungs sind es denn?«, fragte Holly.

»Die drei und noch einer. Klaus heißt er. Ihr wisst doch, er ist mein Freund. Aufgetaucht ist er aber noch nicht.« Priska schüttelte den Kopf. »Jungs sind immer so unzuverlässig. Spätestens wenn sie den Laufsteg erblicken, bleiben nur Krümel von ihrem Mutbüfett übrig. Lausige Performance ist das.«

»Mimi!« Carlos stand hinter mir und winkte mich beiseite. »Ich mach da nicht mit. Ich arbeite als Tellerwäscher oder auf dem Bau oder sonst wo, damit wir uns die Berlinfahrt leisten können. Aber das da –«, er deutete mit dem Kinn auf die wogenden Massen, »das da ist zu viel für mich. Ich halte dir den Rücken frei, ja?«

»Was meinst du damit?«, fragte ich entgeistert.

»Nnnichts, eigentlich nichts Besonderes. Ich will nur sagen, dass ich dir die Daumen drücke, ja?«

Plötzlich stand Kai neben ihm. »Kumpel, ich drück den Mädchen auch die Daumen. Ist doch viel verdienstvoller, als über diesen komischen Teppich da zu latschen.«

»O.k. Wir sehen uns!« Schwups – Carlos und Kai waren weg. Einfach weg.

»Du bleibst!« Priska stieß die Kabinentür auf und schob Dirk energisch hinein.

Mir brach der Schweiß aus. Klar, ich hatte gewusst, dass die Halle groß war und dass mächtig viel Publikum kommen würde. Aber mit solchen Massen hatte ich im Traum nicht gerechnet.

»Mensch, wenn die Musik wummert, machen alle Party. Die wenigsten schauen auf euch«, versicherte Priska. »Lasst *ihr* mich nicht auch noch im Stich, ja?«

»Wenn du kneifst, kneife ich auch«, sagte Holly.

»Kneifst du, Mimi?«, fragte Priska.

Unschlüssig hob ich die Schultern. »Weiß nicht ... Wozu eigentlich das Ganze? Ich will bestimmt kein Model werden. Ich mache ja nur mit, um die Berlinfahrt zu gewinnen.«

»Und um Johanna einen Denkzettel zu verpassen«, erinnerte mich Holly. »Findest du nicht, dass es das wert ist? Aber ich sage dir, ich frage mich auch, warum wir uns das antun sollen.«

»Johanna?«, fragte Priska. »Ist das die große Blonde? Die ist schon hier.«

Holly straffte die Schultern. »Na dann, nichts wie rein!«

Mutig stieß sie die Tür auf. Eine Wolke von Parfüm schlug uns entgegen, Haarspray hing in der Luft, in einem Spiegel erblickte ich ein Mädchen, das mit erschreckt aufgerissenen Augen und bleich an der Wand lehnte. Das war ich!

»Was habt *ihr* denn hier verloren?« Johannas linkes Auge prangte in silbergrauer Umrandung, das rechte war noch blank.

Bis zu dieser Frage war ich nahe daran gewesen, wie Carlos zu kneifen und ihm beim Tellerwaschen zu helfen. Aber wenn mich jemand fragt, was ich an einem bestimmten Ort »verloren« hätte, werde ich sauer. Da wachsen mir Stacheln, und dann Gnade dem, der mir in die Nähe kommt. Vor allem, wenn ich mit der Person nicht ein einzelnes Hühnchen, sondern den Bestand einer kompletten Hühnerfarm zu rupfen habe.

»Die Frage ist berechtigt, Johanna«, antwortete ich so cool wie nur möglich und kreuzte die Arme vor der Brust. Ich musterte sie von oben bis unten, dann drehte ich mich lässig und naserümpfend zu Holly um. »Was hat Johanna hier verloren? Wir haben doch gehört, sie hätte ihre Bewerbung zurückgezogen, nicht wahr?«

»Ich? Meine Bewerbung zurückgezogen? Warum sollte ich das tun?!«, keifte sie.

»Die Gründe, die man uns nannte, sind dermaßen furchtbar, dass wir sie nicht wiederholen wollen«, entgegnete ich.

»Stimmt.« Holly nahm ein Hemdchen von Johannas Stuhl und hielt es in die Höhe. »Ob das gekauft ist oder ... du weißt schon, Mimi.«

»Du meinst, ob es rechtmäßig erworben wurde oder ob es jemand ... wundersamerweise und zum passenden Zeitpunkt ›verloren‹ hat?«

»Genau das meine ich«, seufzte Holly. »Man sollte nicht glauben, wie skrupellos manche Menschen sind.«

Johanna lief puterrot an. Die Farbe stand ihr nicht. Blass sah sie besser aus. Ich sagte ihr das und Holly teilte meine Meinung voll und ganz.

Leider schob Priska in diesem Augenblick drei weitere Kandidatinnen in die Kabine. Anstatt sich wie erschreckte Kaninchen zu fühlen, musterten sie uns ungeniert. Holly und mir war sofort klar: Die drei brachten Erfahrung mit.

Sie marschierten an uns vorbei und auf Johanna zu.

»Hey! Ich bin Sylvia«, stellte sich die Erste vor.

Sylvia war superschlank, so groß wie Johanna, und sie hatte den perfektesten Pagenkopf, den ich je gesehen hatte. Sie sah beneidenswert aus: Französisch. Sexy. Elegant.

»Benützt du diesen Puder? Würde ich nie machen. Es ist bekannt, dass er die Poren verstopft und Allergien hervorrufen kann. Was haben wir denn da? Eine Allergie?« Sylvia beäugte kritisch die roten Streifen auf Johannas Oberarm.

»Ich bin heute beim Schwimmen an eine Qualle geraten«, erklärte sie.

»Ach? Heute? Soso. Na, das würde ich an deiner Stelle auch sagen: Wer gibt schon zu, an einer Allergie zu leiden, wenn er beim Modelcasting eine gute Figur machen will?«

»Es ist keine Allergie, es sind wirklich –«

»Mir brauchst du nichts vorzumachen«, fiel ihr Sylvia ins Wort. »Hier sind wir doch unter uns, was? Aber ich rück meinen Stuhl lieber ein Stückchen weg von dir. Sicher ist sicher. Hey, Vera, komm! Johanna ist bestimmt so nett und rutscht ans Ende der Spiegelreihe. Das tust du doch, ja?«

»Mensch, Johanna, der Ausschlag sieht echt eklig aus. Bist du sicher, dass er nicht ansteckend ist? Ich meine, andere Leute zu gefährden ist uncool, da verstehe ich keinen Spaß, da ist echt Schluss mit Tralala!«

»Du weißt gar nicht, Sylvia, wie recht du hast!«, sagte Holly noch, dann lachten wir beide los.

Malunterricht

Vera hatte kurz geschnittene schwarze Haare, einen weißen Teint und benützte einen blutroten Lippenstift. Nicht mein Typ, aber wer darauf stand, fand sie bestimmt supergut.

Die Dritte im Bunde war Victoria. Victoria war nicht schön. Sie war zwar sehr groß, sehr schlank und hatte trotzdem eine Oberweite in XL, aber ihre Nase war etwas zu lang, ein kleines bisschen schief und die Augen waren auch nicht gerade das, was die Werbeleute »groß und strahlend« nennen. Die Haare waren das Beste an ihr: lang und lockig. Nicht kraus, nicht struppig, nein, sie fielen ihr in edlen Wellen und großen Locken bis zu den Schulterblattern herab. Ich seufzte. Victoria besaß genau die Haare, die ich mir immer gewünscht hatte.

Die drei machten sich ans Schminken und Holly und ich quetschten uns in die Reihe.

Ich war als Erste fertig: Wimperntusche, Lippenstift, Gloss drüber. Aus.

Fasziniert beobachtete ich, was die anderen mit sich anstellten. »Hallo, Johanna!«, rief Sylvia entsetzt. »Du wirst doch jetzt keinen Pickel ausdrücken? Bist du wahnsinnig?«

»Nnnnein, ich habe nur etwas –«

»Lass sie«, warf Vera ein. »Eine Konkurrentin weniger und wir haben die besseren Chancen. Sag mal, Kleine, ist das schon alles gewesen?«

Ich schreckte zusammen. »Meinst du mich?«

»Wen sonst? Du siehst zwar total süß aus mit deinen krausen Haaren, aber mit Farbe im Gesicht hast du wohl nichts vor, was?«

»Ich finde, das reicht«, verteidigte ich mich.

»Mädchen, der erste Scheinwerfer lässt dich aussehen wie eine Leiche. Warte, bis ich fertig bin. Ich helfe dir, ja?«

»Wenn du meinst?!«

»Klar, das meine ich«, bestätigte sie entschieden.

Eine halbe Stunde später wandte sie sich mir zu. »So, nun lass mich mal ran.«

Sie hatte sich einzelne künstliche Wimpern angeklebt und ihr Gesicht dermaßen geschminkt, dass sie völlig anders aussah – aber gut, einfach gut.

Sie klatschte mir »Pre-Make-up« ins Gesicht, verrieb es mit einem Schwämmchen und belehrte mich: »Du nimmst niemals Plastik, ja? Immer nur ein Naturschwämmchen.«

»Hmmm.«

Dann trug sie das eigentliche Make-up auf und klopfte wie verrückt auf meinem Gesicht herum. »Kennst du die Tapping-Technik? Du verteilst die Farbe mit leichtem Klopfen der Fingerkuppen.«

»Hmmm.«

»Sag mal, Sylvia, findest du den Farbton für Mimi geeignet? Sie ist ziemlich braun, vielleicht sollte ich einen dunkleren wählen.«

Sylvia legte den Kopf schief. »Würde ich nicht machen. Ein Hauch Blusher auf den Wangen und unter den Brauen macht die Sache perfekt.«

»Hast recht.« Vera arbeitete konzentriert. »Wie kommt es, dass du dich so gut auskennst?«, fragte ich.

»Pst, nicht reden! Ich will Visagistin werden und habe mich nur angemeldet, um Erfahrung beim Set zu sammeln.«

»Echt?«

»Ja.«

Artig schloss ich den Mund.

Sie pinselte blaugrünen Lidschatten auf und schattierte den Brauenbogen in Braun. Sie zog meine Lippen mit einem Konturenstift nach und trug ein braunes Rot mit einem Pinsel auf – die Farbe hätte ich freiwillig nie gewählt, aber sie passte. Ganz zuletzt sprayte sie Wasser über ihre Kunstarbeit und hielt mir einen Handspiegel vor die Augen. »Na, was sagst du jetzt?«

Ich war hin und weg und rief: »Was, das bin ich?«

»Einsame Spitzenklasse!«, bestätigte Holly neidisch.

»Jetzt kommst du an die Reihe«, meinte Vera energisch und kämmte Hollys Haare nach hinten. »Hast du Kreolen? Ganz große?«

»Nein«, meinte Holly bedauernd.

»Macht nichts. Ich habe welche dabei.« Vera hatte eine Schminktasche in der Größe der Einkaufstasche meiner Tante Lise. Darin kramte sie eine gute Weile, dann clippte sie zwei Kreise in Fußballgröße an Hollys Ohren. »Genau so habe ich mir das vorgestellt«, murmelte sie und flocht Hollys Haar zu einem dicken linksseitigen Zopf.

»Holly! Du schaust ja aus wie eine rassige Zigeunerin«, stellte ich erstaunt fest.

»Da siehst du, was das richtige Styling ausmacht.«

Vera blickte sich um und rümpfte die Nase. »Na, Johanna, bist du zufrieden mit dir?«

»Aber natürlich.«

Zugegeben, Johanna sah sehr gut aus. Ihre Haare glänzten und jetzt verteilte sie mit einem dicken Pinsel Glitzerpuder auf dem Dekolleté. Vera aber schüttelte den Kopf und wandte sich angewidert ab. »Das sieht doch aus wie künstliches Schneegestöber auf Christbaumschmuck«, murmelte sie abschätzig. »Die Frau muss Farbe tragen.«

»So?« Johanna trug Lippenstift in blassestem Rosa auf. »Da bin ich aber anderer Meinung.«

»Wir werden ja sehen, wer recht hat«, erwiderte Vera gleichmütig.

»Gibt es hier nichts zu trinken?«, fragte Sylvia. »Ich besorg uns was.«

»Für mich Cola light.« Ich schrak fast zusammen: Es waren Victorias erste Worte.

Und dann hielt ich tatsächlich die Luft an. Victoria war nicht mehr Victoria. Sie war eine Schönheit, sie war *die* Beauty überhaupt!

Mit kritischer Miene drückte sie sich Schaum auf die Handfläche und rieb ihn ins Haar. Das wiederholte sie mindestens zehn Mal, aber dann besaßen ihre Locken und Wellen auch das dreifache Volumen. »Fallen die nicht wieder zusammen?«, fragte ich.

Sie schüttelte den Kopf. »Nicht, wenn du großzügig mit dem Schaum umgehst.«

Hier lernte ich wieder mal was fürs Leben!

Schon längst dröhnte und wummerte die Musik in der Halle. Wir wurden unruhig, aber erst eine gute Stunde später kam Priska herein: »Gleich geht es los. Seid ihr bereit?«

Sie hatte keine Augen für unser Aussehen, sondern drückte uns lediglich Pappdeckel mit Ziffern von eins bis sechs in die Hand, und zwar in alphabetischer Reihenfolge! »Damit es gerecht zugeht«, erklärte sie.

»Hey, Priska, wie viele Jungs stehen bereit?«, wollte Sylvia wissen.

»Zwei.«

»Zwei Jungs und sechs Mädchen – und dafür der ganze Aufwand!«, staunte Holly.

»Quatsch.« Victoria schlug die langen Beine übereinander. »Wir sind nur eine kleine Zugabe zur großen Party!«

So war es tatsächlich. Als wir endlich an der Reihe waren, tobte der Saal, aber nur die, die entlang des roten Teppichs standen, nahmen uns überhaupt wahr. Alle anderen waren viel zu sehr mit sich beschäftigt.

Einerseits fand ich das ganz gut, andererseits ärgerte ich mich über das Geld, das ich für die neuen Klamotten ausgegeben hatte. Und ich konnte Carlos gut verstehen. Die ganze Anstrengung war natürlich für die Katz.

Die Jury, die aus Priska, zwei weiteren Damen und drei Männern bestand, entschied, dass bei so wenig Teilnehmern das Pre-Casting flachfalle. Wir sechs Mädchen und Dirk sowie Priskas Freund Klaus liefen also nur zweimal über den Teppich.

Dirk stolperte einmal. Klaus schenkte sich den letzten Durchgang, den in der Badehose, mit dem Hinweis auf seine leichte Hühnerbrust und den leider nicht ganz knackigen Po.

Beim zweiten Lauf erst entdeckte ich meinen Carlos. Er, Constantin und Kai hatten Luftballons und Fähnchen organisiert, schwenkten sie wie wild und brüllten »Mim-mi, Mim-mi!« und »Hol-ly, Holly!«, was die Lungen hergaben. Das brachte mich komplett aus dem Takt. Ich blieb stehen, um zu winken und ihnen Kusshändchen zuzuwerfen. Holly checkte das zu spät, rempelte voll in mich hinein und ruinierte dabei die Netzstrumpfhose, die aus den gewöhnlichen Klamotten ein Outfit erster Güte machte – aber die ich zu Hause vermutlich niemals getragen hätte.

Vera hatte recht behalten: Johanna sah in ihren weißen Jeans und dem weißem Hemdchen fad und unscheinbar aus. Die starken Scheinwerfer schluckten tatsächlich fast alle Farbe. »Was habe ich gesagt? Wer keine Ausstrahlung besitzt, muss Farbe tragen. Und Glanzpuder wirkt sowieso nur aus nächster Nähe.«

Übrigens war das Publikum dermaßen begeistert von uns, dass es durch Rufen und Handzeichen uns alle zu Gewinnern machte und die Jury nach eingehender Beratung folgendermaßen entschied: Erster und zweiter Sieger bei den Jungs waren Dirk und Klaus.

Bei uns Mädchen (wir waren ja nicht nur zwei!) sah die Reihenfolge so aus: erste Siegerin: Victoria; zweite Siegerin: Sylvia; Vera, Holly, Johanna und ich waren dritte Siegerinnen.

Wir nahmen die Urkunden stolz entgegen und zeigten sie dem Publikum, das leider mehrheitlich mit Tanzen, Flirten und Knutschen beschäftigt war und auf Standing Ovations verzichtete. Was soll's, ich konnte das verstehen.

Carlos wartete mit einer Packung Feuchttücher auf mich und wischte mir erst mal die meiste Farbe aus dem Gesicht, bevor er mir den Siegerkuss gab und mich an Märthe, Albrecht und Wulf Martin weiterreichte.

Plötzlich stand Constantin neben uns. »Feigling! Einfach ohne ein Wort zu verschwinden!«, schimpfte ich, ließ mich aber trotzdem von ihm in den Arm nehmen und küssen.

Wir alle klopften uns gegenseitig auf die Schultern und waren einfach nur froh, dass dieser Wahnsinn vorüber war.

Unterhalten konnte man sich zwischen den tobenden Massen nicht, weshalb sich Albrecht auch sofort verziehen wollte. »Bleibt ihr noch oder kommt ihr mit?«

»Ausgeschlossen! Nach der ganzen Arbeit wollen wir endlich auch mal was vom Abend haben!«, rief Holly temperamentvoll.

Albrecht zog mit Märthe und Wulf Martin ab. Märthe kam aber noch mal zurück. »Mimi, die lange, fade Blonde, die auf dem roten Teppich son büschen schiet zupass aussah, steht da drüben mit dem Jung von der Zeitung.«

»Wo?« Ich reckte den Hals und stellte mich auf die Zehenspitzen. »Danke, Märthe!«

Ich schlängelte mich zu den beiden durch. »Hallo, Jens-Uwe, dich haben wir schon gesucht.«

»Wwarum denn?« Er war nicht mehr ganz nüchtern, der Junge. »Willst auch in die Zeitung kommen? Bist zzzu ssspät dran. Sag mir, wo ich diese Vvvictoria finde, ja?«

»Keine Sorge, ich halte dich nicht auf. Aber ich habe deine Artikel gelesen. Mann, du kannst schreiben, ehrlich! Wenn ich nur so gut wäre wie du!«

»Nnnicht wahr?« Er strahlte.

»Ist natürlich auch die Frage, wie man an die richtigen Infos gelangt«, fuhr ich fort. »Kannst du mir deine Quellen verraten?«

»Klar doch ...«

»Komm, Jens-Uwe, das geht Mimi nichts an«, schaltete sich Johanna ein und wollte ihn wegziehen.

»Wwieso?« Er machte sich los. »Sieh mal, Mimi, in unserem Beruf bbekommt man nnnichts geschenkt, klar? Eine Hand wwwäscht die andere. Ich habe das Iiiinterview mit Johanna gemacht, dafür hat sie ihre Bekannten ausgequetscht. Hat Geschschschichten gesammelt, klar?«

»Die sie für dich aufschrieb?«

»Nnnicht aufschrieb, das Schschschreiben besorge ich. Eeerzählt hat sie mir die Ssstorys.«

»Clever!«

»Sag ich doch ... Eine Hand wäscht die aaandere.«

»Stark!«

»Stark«, bestätigte er. »Kannst du mich jjjetzt zu Vvvictoria bringen?«

»Ich habe keine Ahnung, wo sie ist ... Ich frag mal die anderen, ja?«

Es war wirklich der reine Zufall, dass ich Victoria vor der Toilette traf. Und es war auch der reine Zufall, ehrlich, dass mir in dem Augenblick, in dem ich sie sah, der Einfall kam. »Sag, Victoria, hättest du fünf Minuten für mich Zeit?«

»Wozu?«

Ich berichtete ihr in wenigen Sätzen, weshalb ich auf der Insel war.

»Ich schreibe über den Wettbewerb und möchte dir als Siegerin ein paar Fragen stellen. Klar, den Artikel schicke ich dir zu. Machst du mit?«

Sie schaute mich von oben bis unten an und lachte. »Hast du Papier und Bleistift dabei?«

Das hatte ich ebenso wenig wie mein Notizbuch, aber wir organisierten eine Speise- und Getränkekarte und sie lieh mir ihren Konturenstift.

Ich schrieb: *Victoria ist die strahlende Siegerin. Makellose Haut, blitzende Augen, eine wundervolle Mähne und natürlich eine perfekte Figur zeichnen sie aus.*

»Ich weiß, wer ich bin, was ich mag und wie ich aussehen will«, erklärte sie. »Ich genieße den Erfolg, ich genieße, dass ich den Abend erleben durfte, ich genieße, dass ich Glück hatte.«

»Du tust auch etwas für dein Glück.«

»O ja! Meine größte Leistung ist, dass ich hart für meinen Erfolg arbeite.«

»Wie machst du das?«

»Ich bleibe mir selbst treu, ich habe eine eigene Meinung und ich lasse mich durch Fehlschläge nicht entmutigen.«

Victoria war noch längst nicht zu Ende. Leider hatte sich aber der weiche Konturenstift abgeschrieben und auf der Karte war kein Platz mehr für ein weiteres Statement.

»Schade! Vielen Dank, Victoria! Übrigens, der Reporter von der ›Sylter Zeitung‹ sucht dich. Es wäre doch nicht schlecht fürs Image, wenn er dich morgen groß rausbringen würde.«

»Danke für den Hinweis!« Victoria prüfte den Sitz ihrer Haare. »Gibst du mir den Konturenstift zurück? Und vergiss nicht, mir den Artikel zu schicken.«

»Keine Bange!«, rief ich und rannte zu den anderen.

»Wo warst du? Ich habe mir schon Sorgen um dich gemacht«, sagte Carlos in mein Ohr.

»Ach, Carlos, wenn du wüsstest, was ich in den letzten Minuten erlebt habe!«

»War es wieder so ein Schietkram?«

»Quatsch!« Ich berichtete ihm von Victoria und dass Märthe mich auf Jens-Uwe aufmerksam gemacht hatte. »Du hast das in dem Trubel nicht mitgekriegt. Ich weiß jetzt ganz sicher, dass Johanna mein Notizbuch geklaut hat – und vor allem: warum.« Ich klärte ihn über den Deal der beiden auf.

Carlos starrte mich an. »Jetzt wird mir alles klar. Das darf ja wohl nicht wahr sein! Nachdem sie endlich kapiert hatte, dass du gar nicht für die ›Sylter Zeitung‹ schreibst, musste sie schnell handeln, damit ihr Interview doch noch rechtzeitig abgedruckt wurde. Und Jens-Uwe hat sich auf so etwas eingelassen! Weißt du was, Mimi? Mir ist es zu heiß hier, zu stickig und zu eng. Willst du noch bleiben?«

Discolichter zuckten über unsere Köpfe hinweg und plötzlich erinnerte ich mich an das Nordlicht.

»Nein«, sagte ich entschieden. »Ich will weg hier. Mir reicht es.«

Ich sah Holly und drängelte mich zu ihr durch. »Carlos und ich machen die Fliege, o.k.?«

»Jetzt geht es aber doch erst richtig los, Mimi!«

»Ja, aber –«

»Constantin!«, brüllte Holly. »Warte!« Mit einem Satz war sie bei ihm und zog ihn mir nichts, dir nichts auf die Tanzfläche.

So wie ich Holly kennengelernt hatte, würde sie sich einen herrlichen Abend mit Constantin verschaffen!

Unvorstellbar gut!

Ich schlief bis weit in den Vormittag hinein und wachte erst auf, als mir jemand mit einem nassen Lappen übers Gesicht fuhr und gleichzeitig einen übel riechenden, heißen Föhn auf mich richtete. »Noballs! Lass mich in Ruhe!«

Noballs bellte fröhlich, zerrte die Decke auf den Fußboden und landete auf meinem Bett. Das war zu viel. Ich lachte und schimpfte, stand auf und traf Carlos im Bad. Er sah genauso unausgeschlafen und kleinäugig aus wie ich.

Albrecht dagegen war richtig fröhlich. Er hatte Kaffee gekocht, der mindestens dreimal so stark war wie Märthes, die heute erst später kommen würde. Eigentlich hätte ich ihm gerne von Johannas und Jens-Uwes Deal berichtet, aber das war unmöglich. Er lief ständig hin und her und stellte Fragen wie: »Passen die Freesien in die grüne Vase? Was meint ihr? Ist die weiße nicht schöner?«, oder: »Wirkt das Zimmer gemütlich oder steif auf euch?«, oder: »Weißer Zucker zum Tee ist nicht stilecht, aber manche mögen keinen braunen. Das Beste wäre, wenn man alle Sorten anbieten würde, was? Braunen Würfelzucker, weißen Würfelzucker und alle Sorten Kandis. Oder findet ihr das übertrieben?«

»Übernimm dich nicht, Albrecht«, murmelte Carlos. »Wir sind bescheidene Leute.«

»Wer spricht denn von euch? Ich denke an die Gäste, die am Nachmittag kommen werden.«

Du lieber Himmel, an die hatten weder Carlos noch ich mehr gedacht. Und deswegen machte er einen solchen Aufstand? »Sind doch lauter alte Bekannte«, meinte ich gähnend.

»Nicht nur, nicht nur!« Albrecht polierte einen Kerzenständer und probierte aus, ob eine weiße oder eine zartgrüne Kerze besser darin aussah.

Vorsichtig fragte ich: »Geht es dir gut oder ist dir der Kaffee nicht bekommen?«

Aus der Mottenkiste, die sich Gehirn nennt, hatte er einen Uraltsong von den Beatles ausgegraben und summte doch tatsächlich »Yesterday ...«.

Ganz klar, irgendwas war nicht so wie sonst. Ich fand das ungemütlich und stieß Carlos an. »Gehen wir baden?«

Wir hatten den Eindruck, dass Albrecht froh war, ungestört seine Verschönerungswut ausleben zu können. Dass er uns aber mindestens zehn Mal einschärfte, pünktlich um drei Uhr zurück zu sein: »Damit ihr euch anständig kleiden könnt!«, verunsicherte uns noch viel mehr.

Wir stapften durch den Sand und legten uns bei Kai und Dirk in die Sonne. Die beiden waren auch nicht so top wie sonst und mächtig froh, dass weder ein wütender Westwind Wellen aufwarf noch ein säuselnder Ostwind das Wasser mit Quallen anreicherte.

»Ihr seid schon auf?«, fragte Dirk ungläubig. »Ich an eurer Stelle hätte bis morgen durchgeschlafen.«

»Ist's so spät geworden?«, fragte Carlos.

»Kurz vor sechs lagen wir in der Koje.«

»Koje?«

»Klar. Wir haben uns gleich hier in der Hütte aufs Ohr gelegt. Wegen zwei Stunden hatte es keinen Sinn, das Bett zu benützen. Übrigens, Johanna hat noch Stunk gemacht.«

»Berichte!«

Dirk grinste breit, breiter ging's nicht. »Victoria und ich haben den Sieg gefeiert. Klar, jeder an unserer Stelle hätte das getan, was? Jens-Uwe von der ›Sylter Zeitung‹ war zu dieser späten Stunde ganz ordentlich drauf. Er schoss eine Menge Fotos von uns und lotste uns in eine ruhigere Ecke, wo er uns ausquetschte: Was macht ihr so, wie fühlt ihr euch jetzt, was sind eure Hobbys, eure Ziele, und fahrt ihr gemeinsam nach Berlin – den ganzen Käse wollte er wissen.

Auf einmal tauchte Johanna auf und beschimpfte ihn.

›Du hast mir versprochen, ein Interview mit mir zu machen!‹

›Bist du die Siegerin oder Victoria?‹, fragte Jens-Uwe.

›Ich bin immerhin die dritte Siegerin!‹, schrie Johanna. ›Wir haben eine Vereinbarung getroffen! Meinen Teil habe ich eingehalten, ich habe dir Material besorgt!‹

›Die Vereinbarung galt nur für den Fall, dass du den ersten Preis kassierst!‹

Keine Ahnung, was das bedeutete. Jedenfalls prügelte sie auf Jens-Uwe ein und rastete komplett aus.«

»Wir wissen, warum«, sagte ich und berichtete

von dem Deal, den Johanna mit Jens-Uwe abgeschlossen hatte.

Dirk und Kai staunten nicht schlecht. »Deshalb also hat sie dein Notizbuch geklaut und ihm daraus deine Geschichten erzählt. Und im Gegenzug sollte er sie erst als Favoritin und dann noch einmal als Siegerin des Modelwettbewerbs groß in die Zeitung bringen. Ich muss sagen, das hat sie fein eingefädelt!«

»Nur leider ist der Plan nicht aufgegangen«, feixte Dirk. Über Johannas Misserfolg freuten sich die beiden dermaßen, dass sie sofort ein Volleyballspiel organisierten!

Kurz nach drei Uhr standen wir vor Albrechts weißem Gartentor.

»Mein Gott, wo bleibt ihr denn?«, rief er uns entgegen.

»Brennt's? Brauchst du Kuchen? Kandiszucker? Milch? Wo fehlt's denn?«

»Die Gäste werden gleich da sein!«

Märthe schüttelte nur den Kopf. Natürlich hatte sie den Tisch liebevoll gedeckt, drei Sorten Kuchen und eine Schale Kekse bereitgestellt – aber warum Albrecht derart aufgeregt war, wusste sie auch nicht. »Hab ihn noch nie so erlebt«, flüsterte sie uns zu, als er die Stühle um den runden Tisch zum wiederholten Male um wenige Millimeter verschob. »Wenn ich nicht wüsste, wie alt er ist, würde ich sagen, er hat sich verliebt. Aber in *dem* Alter?! Na, bald sind wir klüger. Spitzt die Ohren und haltet die Augen auf!«

Der erste Gast war Wulf Martin. Klar, er wohnte auch ganz in der Nähe.

Holly und Tom Thoms waren die Nächsten. Tom Thoms zog gleich seine Pfeife aus der Hosentasche und begann sie zu stopfen. »Kommt nicht infrage«, rief Albrecht entsetzt. »Der Tabakrauch verpestet das ganze Haus!«

Entgeistert ließ Tom Thoms die Pfeife wieder in seiner Tasche verschwinden. »Bist wohl 'n büschen schiet zupass, was? Ist das erste Mal, dass du was gegen meine Pfeife hast.«

»Was? Was hast du gesagt? Nein, ich habe überhaupt nichts gegen deine Pfeife, Tom, wie käme ich dazu?«

Albrecht wieselte zwischen Haustür und Tisch hin und her.

»Na, das will ich woll hoffen.« Tom Thoms stopfte zufrieden die Pfeife.

»Hab ich dir nicht gesagt, du sollst das Haus nicht mit deinem Rauch verpesten?« Albrecht riss das Fenster auf und wedelte mit einer Serviette den Qualm ins Freie.

Wir zweifelten allmählich an seinem Geisteszustand. Es klingelte zum dritten Mal.

»Märthe, mach das Fenster zu! Märthe, öffne die Tür, nein, lass mich das machen, Märthe, nimm mir die Serviette ab, Märthe, nun mach doch schon!!!«

»O Gott, der Mann ist ja so was von tüddelig«, meinte Wulf Martin besorgt.

Tom Thoms zündete endgültig seine Pfeife an.

»Der ist schon die ganze Zeit so außer der Reihe«, sagte Märthe.

»Constantin, du trägst ja Hosen aus feinem Tuch!«, rief Holly und fiel ihm um den Hals.

Plötzlich wurde es totenstill.

»Susanne.«

»Albrecht.«

Ich dachte, ich sei plötzlich in einem Film gelandet: Susanne und Albrecht standen an der Tür, starrten sich an und starrten und starrten – und schwiegen.

Es war kitschig und schnulzig und so bewegend, dass ich feuchte Augen bekam und Carlos einfach meine Arme um den Hals legen musste.

Schließlich schob Susanne sich mit dieser besonderen, eleganten Bewegung das Haar aus der Stirn. Noballs fand als Erster die Sprache wieder, jaulte herzzerreißend und warf sich Albrecht zu Füßen. Der tätschelte ihn und sagte nur: »Ist ja gut!«

Albrecht führte Susanne ins Zimmer, stellte sie vor, schob ihr den Stuhl zurecht, verschwand – und kehrte mit einem riesigen Strauß langstieliger Rosen zurück. Weißen, nicht roten Rosen.

»Die habe ich für den Fall besorgt, dass du tatsächlich *die* Susanne sein solltest, die ich all die Jahre nicht vergaß«, sagte er mit belegter Stimme. »Zwanzig Stück. So wie damals.«

»Nur dass sie heute weiß sind«, flüsterte Susanne.

Carlos und ich hielten Händchen, Toms Pfeife wollte nicht ziehen, Märthe lächelte gerührt, Wulf Martin scharrte unbehaglich mit den Füßen und Constantin schaute verlegen auf seine Hände.

Nur auf Holly war Verlass: »Sagt bloß, ihr kennt euch!«, rief sie. »Albrecht, bist du der Mann, der Susanne an ihrem zwanzigsten Geburtstag ausführte? Sie hat uns die Geschichte erzählt!«

Er nickte, aber weitere Einzelheiten gab er jetzt und in dieser Runde nicht preis.

Wir tranken Tee – mit Milch und Zucker! – und

aßen Kuchen, aber es kam keine richtige Stimmung auf. Die Fragen »Was geschah damals? Warum hat Albrecht Susanne nicht vergessen? Hat er ihretwegen nie geheiratet? Wie geht es mit den beiden weiter?« standen wie mit Großbuchstaben geschrieben im Raum.

Nur einmal, als Wulf Martin mir zwei Bernsteinklümpchen schenkte und berichtete, wann und wo er sie gefunden hatte, wurde die Unterhaltung lebhafter. Ziemlich bald verabschiedeten sich Wulf Martin und Tom Thoms, aber Holly dachte gar nicht daran, ihren Großvater zu begleiten, andererseits war uns klar, dass Susanne und Albrecht allein sein wollten.

Also bummelten Holly und Constantin, Carlos und ich durch Kampen und stiegen ein letztes Mal auf die Plattform der Uwe-Düne. Wir lehnten uns ans Geländer und schauten aufs Meer hinaus.

Was hatten wir in dieser Woche nicht alles erlebt: Carlos hatte die Kleine aus dem Wasser gezogen, mir hatte die Nebelwolke im Watt die Sicht genommen und Johanna hatte für jede Menge Aufregungen gesorgt. Ich hatte mit den Geschichten aus der Vergangenheit Sylts und einer brandneuen Story über den Modelwettbewerb genügend Material für die Jugendseite gesammelt. Aber das wahre Abenteuer hatten Carlos und ich erlebt. Wir wussten jetzt, dass wir vor menschlichen Störfaktoren auf der Hut sein mussten, wir wussten aber auch, dass wir uns aufeinander verlassen konnten.

Ich sah zu Holly hinüber. Sie stand ganz dicht neben Constantin, flüsterte ihm etwas ins Ohr, er legte den Arm um ihre Schultern und nun – nein, sie küssten sich nicht. Aber es sah ganz danach aus, als ob die beiden mehr als nur eine Ferienbekanntschaft verbinden würde.

Offensichtlich hatten die beiden meinen Blick gespürt. »Das waren aufregende Tage«, sagte Constantin. »Vor einer Woche wusste ich nicht, wie ich Johanna loswerden sollte. Aber jetzt bin ich froh, dass sie wie Kaugummi an mir klebte – ohne sie hätte ich euch nie kennengelernt.«

»Stimmt«, bestätigte Holly. »Ohne sie hättest du deine Nase nur in die Bücher gesteckt und wir hätten niemals an diesem Modelwettbewerb teilgenommen. Der hat Spaß gemacht! Nur schade, dass ihr Jungs in letzter Minute gekniffen habt und abgesprungen seid!«

»Es reichte, dass ihr durchgehalten habt!«, sagte Carlos und zog mich an sich. »Ich habe euch sehr bewundert, aber wer Mimi kennt, der weiß, dass das nicht ihre letzte verrückte Tat war. Mal sehen, was mir mit ihr noch alles bevorsteht!«

Constantin schob sich die Haare aus der Stirn. »Ihr bleibt zusammen. Und Holly und ich ...«

»Ja?«, fragte Holly gespannt. »Was ist mit uns?«

»Weißt du es?«, entgegnete Constantin schüchtern.

»Na klar!« Holly schlang ihm temperamentvoll die Arme um den Hals.

»Ich wünsche euch jede Menge Glück«, meinte Carlos. »Hoffentlich hast du es mit Holly leichter, als ich es mit Mimi habe. Mit ihr zusammen zu sein, ist ja so was von anstrengend, Constantin! Wenn du wüsstest, was ich in Chile und Marokko alles durchgemacht habe – von den Abruzzen ganz zu schweigen. Aber um keinen Preis der Welt würde ich mich von ihr trennen.«

»Constantin! Was sagst du dazu?«, rief Holly. Da, endlich!, küssten sich die beiden. Klar, dass wir ihrem Beispiel folgten!

Am nächsten Morgen begleiteten uns alle zum Bahnhof und überreichten uns ihre Abschiedsgeschenke.

Von Märthe bekamen wir selbst gebackene Friesenkekse, von Constantin den »Schimmelreiter« mitsamt einem getrockneten Seestern, Susanne hatte mir ein neues Paar Netzstrümpfe gekauft, Holly schenkte Carlos ein Steinchen und erklärte ernsthaft, das sei ein kleines Stück einer geologisch-geomorphologischen Verwerfung, Dirk hatte eine Tüte mit Muscheln gefüllt und Kai ein Marmeladenglas mit Sylter Sand. – Und Albrecht?

»Ich habe dir Anfang der Woche ein Geschenk versprochen, Carlos. Erinnerst du dich?«

»Stimmt!«, rief ich. »Ich bekam das Notizbuch und du sagtest, dir würde dann, wenn du Carlos besser kennen würdest, das Richtige einfallen.«

Albrecht nickte. »Ich glaube, ich habe das Richtige für Carlos gefunden. Es ist – sozusagen – eine Aufforderung, nicht so dusslig zu sein, wie ich es war.« Er reichte ihm eine alte Single in einer vergilbten Hülle: »Yesterday« von den Beatles. »Immer wenn du sie abspielst, denkst du an mich alten Dummkopf, ja?«

»Was meinst du damit? Ich verstehe nur Bahnhof«, entgegnete Carlos verwirrt.

»Wenn ich damals nicht ein solcher Hitzkopf gewesen wäre, hätte ich Susanne nicht –« Verlegen drehte er sich nach ihr um und meinte leise: »Macht's gut, ihr beiden! Alles Gute!«

Der Schaffner musste uns drei Mal ermahnen, endlich einzusteigen. Wir winkten, was das Zeug hielt, und dann, als der Zug Fahrt aufnahm, ließ ich im allerletzten Augenblick die gelbe Karte aus dem Fenster flattern.

»Ende der Abenteuer auf Sylt?«, fragte Carlos.

»Ja! Und der Anfang neuer …«

»… gemeinsamer Abenteuer.«

Handlung und Personen sind frei erfunden.

Informationen zur Geschichte, Geologie usw. entnahm ich folgenden Werken:
Gregor C. Falk, Dirk Lehmann (Hrsg.): »Nordseeküste, Exkursionen zwischen Sylt und Elbmündung«. Stuttgart 2002.
Harry Kunz, Thomas Steensen: »Sylt Lexikon«. Herausgegeben vom Nordfriisk Instituut. Neumünster 2002.

Sissi Flegel

Zippi

Doppelt verliebt hält besser

ca. 480 Seiten, ISBN 978-3-570-40061-6

Zippi darf in den Ferien mit ihrer Freundin Marta auf eine Almhütte. Für ein bisschen Hilfe in der Küche bekommen sie freie Kost und Logis. Zwischen Almdudler, Brezen und Kartoffeln schälen bleibt für Liebesgrüße via SMS an Freund Emel aber keine Zeit. Von Hüttenromantik also keine Spur. Bis Ignaz auftaucht, der nach Heu duftet und so gut küssen kann ...